新日本語能力測驗
考前衝刺讚
聽解N1

筒井由美子・大村礼子　執筆

草苑インターカルト日本語学校　監修

林彥伶　中譯・解說

線上收聽音檔

鴻儒堂出版社

目次

■ 新日本語能力測驗聽解N1試題構成

■ 模擬試題

問題1 《問題理解》………………………………… 1

　　　《問題理解》內文與解答………………………… 13

問題2 《重點理解》………………………………… 51

　　　《重點理解》內文與解答………………………… 59

問題3 《概要理解》………………………………… 95

　　　《概要理解》內文與解答………………………… 107

問題4 《即時應答》………………………………… 143

　　　《即時應答》內文與解答………………………… 171

問題5 《整合理解》………………………………… 213

　　　《整合理解》內文與解答………………………… 223

音檔使用方法

音檔內容可以在下列網頁收聽及下載：
https://www.hjtbook.com.tw/book_info.php?id=4313
本書未設定密碼，可直接按進入收聽

日本語能力試驗（JLPT®）係國際性測驗，可供世界各國日語學習者、日語使用者檢測日語的能力，於1984年開始實施，由日本國際交流基金會與日本國際教育支援協會共同舉辦。台灣考區於1991年開始實施，由日本台灣交流協會、日本國際交流基金會及語言訓練測驗中心主辦，一年辦理兩次，於每年7月及12月第一個週日舉行。

　　本測驗共分五個級數，由難至易依序為N1～N5。報考者可依自己的能力選擇適合的級數參加。

　　本測驗成績可作為學習評量、入學甄選及求職時之日語能力證明，合格者可取得國際認證之合格證書。另有意赴日就讀大學者請依學校要求報考「日本留學試驗」。

　　「日本語能力試驗」相關資訊請查閱「日本語能力試驗公式ウェブサイト」，網址：

　　http://www.jlpt.jp/。

新日本語能力測驗聽解N1試題構成

考試科目 （考試時間）		大題	內容
聽解 （60分）	1	《問題理解》	聽取具體的資訊，測驗是否理解接下來該採取的動作。
	2	《重點理解》	會先提示問題，再聽取內容選擇正確答案，測驗是否能理解對話重點。
	3	《概要理解》	測驗是否能從問題中，理解說話者的意圖或主張。
	4	《即時應答》	聽取簡短的問句，選擇適當的答案。
	5	《整合理解》	聽較長及資訊量大的文章內容，測驗是否能進行比較與統整情報後選出適當的應答。

※資料來源：JLPT日本語能力試驗官方網站　http://www.jlpt.jp

模擬試題 - 問題 1

問題 1-《問題理解》

目的：測驗聽一段談話後，是否能理解內容。

（測驗是否能聽取具體解決問題所需的資訊，理解接下來應該要怎麼做。）

問題1

問題1では、まず質問を聞いてください。それから話を聞いて、問題用紙の1から4の中から、最もよいものを一つ選んでください。

問題1-1番   解答欄 ① ② ③ ④

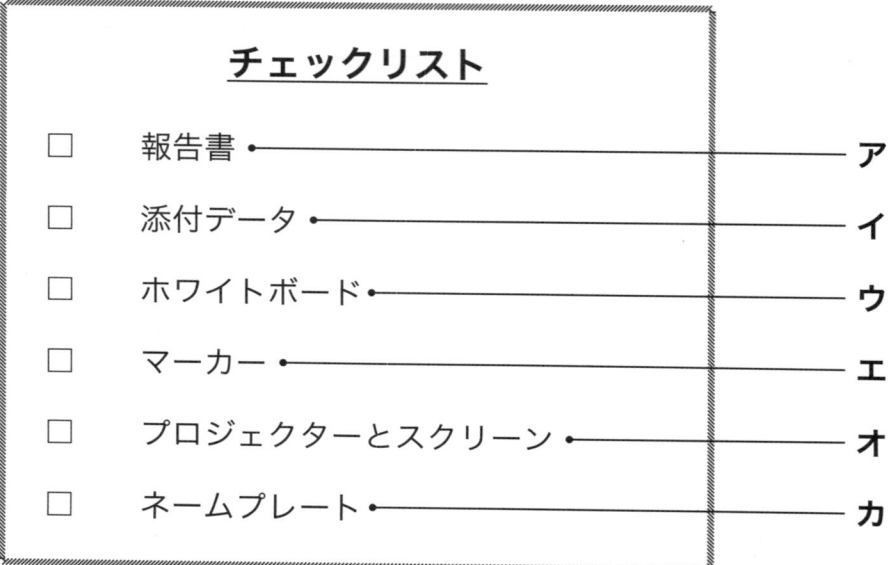

1　ア　カ
2　ウ　エ
3　エ　カ
4　オ　カ

問題1-2番

解答欄 ① ② ③ ④

1 履歴書を送る
2 見学の申し込みをする
3 活動を見学する
4 会費を払う

問題1-3番

解答欄 ① ② ③ ④

A	基調講演の先生：山村秀雄教授
B	到着時間：午後１時
C	基調講演開始時間：午後１時半
D	使用ＰＣ：先生が会場に持参
E	準備：パワーポイント

1 AとBとD
2 BとD
3 CとD
4 CとDとE

問題1-4番 解答欄 ① ② ③ ④

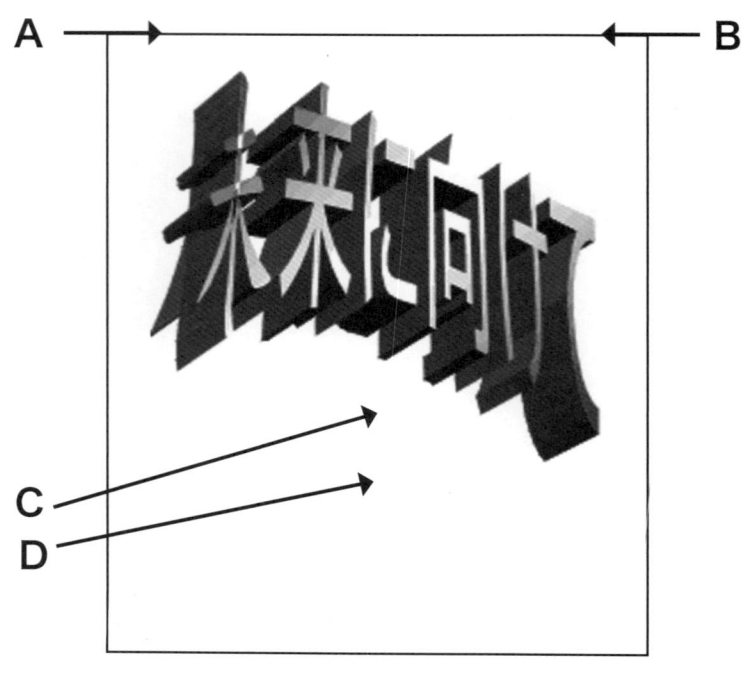

1　A

2　B

3　C

4　D

問題1-5番 解答欄 ① ② ③ ④

1　荷物を整理する

2　電気を止めるように電話する

3　区役所に行く

4　郵便局に行く

問題1-6番

解答欄　① ② ③ ④

窓
1号室

2号室

3号室

4号室

5号室

6号室

1　1号室と2号室

2　1号室と2号室と6号室

3　2号室と6号室

4　1号室と6号室

問題1-7番

解答欄　① ② ③ ④

1　中小企業の説明会に行く。

2　中小企業の説明会について調べる。

3　会社の説明を個人的に聞く。

4　どんな業種がいいか考える。

問題1-8番 解答欄 ① ② ③ ④

1　プレゼンテーションの資料を作る。

2　国際経済学の勉強をする。

3　西洋美術史の出題範囲を確認する。

4　英語でディスカッションする練習をする。

問題1-9番 解答欄 ① ② ③ ④

1　スポーツクラブに入会する。

2　レッスンの登録をする。

3　レッスンのスケジュールを見る。

4　区民ホールを見学する。

問題1-10番 解答欄 ① ② ③ ④

1　パソコンや携帯電話の使用について

2　テーブルや机の配置について

3　壁のデザインについて

4　災害対策について

問題1-11番

解答欄 ① ② ③ ④

日	月	火	水	木	金	土
			1	2	3休日	4休日
5休日	6休日	7	8 商品開発ミーティング	9	10 月例報告会	11
12	13 新プロジェクトメンバー決定	14 営業レポート提出	15	16	17	18
19	20	21	22	23 部長会議	24	25
26	27 役員会議	28	29	30	31	

F — (5休日行)　　A — (11行)
E — (13行)
D — (27行)
C — (14下)　　B — (23下)

1　AとF

2　AとC

3　CとE

4　AとBとD

問題1-12番 解答欄 ① ② ③ ④

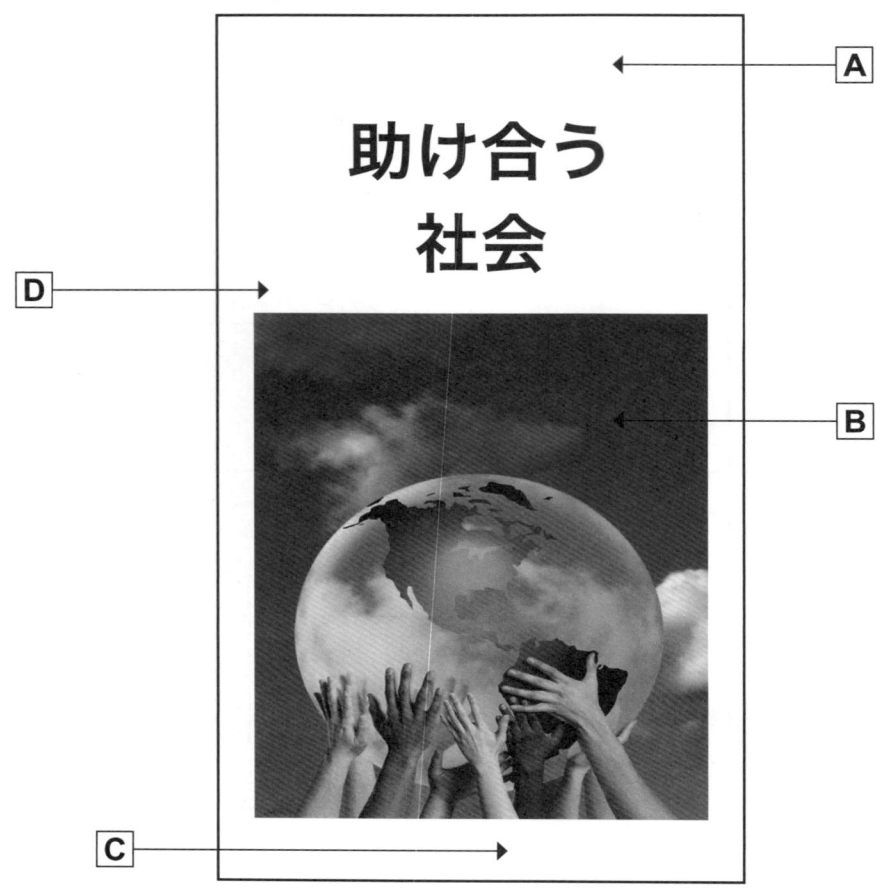

1　A
2　B
3　C
4　D

問題1-13番

解答欄 ① ② ③ ④

1　服と置物
2　人形と置物
3　人形と雑誌
4　雑誌と服

問題1-14番

解答欄 ① ② ③ ④

1　顧客への連絡方法
2　コンピューター管理計画
3　地震対策の書類
4　会議で説明する計画案

問題1-15番

解答欄 ① ② ③ ④

1　飛行機が飛ぶのを待つ。
2　今日の新幹線で帰る。
3　明日の飛行機で帰る。
4　明日の新幹線で帰る。

問題1-16番 　　解答欄　① ② ③ ④

1　スタッフの数を増やすこと
2　日本語の授業をすること
3　心のケアをすること
4　漢字で困らない環境を作ること

問題1-17番 　　解答欄　① ② ③ ④

1　ペットボトルと紙パックの飲み物
2　ゼリー飲料と紙コップの飲み物
3　ゼリー飲料と紙パックの飲み物
4　ペットボトルと水筒

問題1-18番 　　解答欄　① ② ③ ④

1　始める時期と頻度
2　科目の選び方
3　評価のしかた
4　教師の関わり方

問題1-19番

解答欄 ① ② ③ ④

```
a  履歴書
b  職務経歴書
c  卒業証明書
d  成績証明書
e  会社指定の応募用紙
```

1　aとbとcとd

2　aとc

3　aとcとe

4　aとcとd

問題1-20番

解答欄 ① ② ③ ④

1　71歳

2　68歳

3　62歳

4　60歳

問題1-21番 　　　解答欄 ① ② ③ ④

1　男の人が女の人のメッセージを伝える。

2　男の人が女の人に電話を取り次ぐ

3　女の人が男の人のメッセージを伝える

4　女の人が男の人に電話を取り次ぐ

問題1-22番 　　　解答欄 ① ② ③ ④

1　寝る時間をきちんととる

2　外出する時にマスクをする

3　手を洗ったりうがいをしたりする

4　食べる物に気を付ける

《問題理解》內文與解答
〔問題１〕

《Ｍ：男性、Ｆ：女性》

問題 1

問題1-1番〔MP3 1-01〕

男の人と女の人が、会議に備えて準備をしています。
二人は何を用意しなければなりませんか。

F：何を準備しなきゃいけないんだっけ、あと。
M：チェックしてみるよ。えーと、人数分の報告書、それと添付データ。
F：はい、OK。そろってる。
M：ホワイトボード、マーカー、……。
F：うん、1)いいけど、マーカーは三色必要よね。青がもう薄くなってる。
M：ああ、じゃ、青のマーカーが要る、と。……えーとそれから、映像を使うから、プロジェクターとスクリーン。
F：はい、大丈夫。セット完了よ。
M：で、あとは参加者のネームプレート。
F：そうね。2)確か参加の方が一部変更になったわよね。
M：3)じゃあ、これも作らなきゃ。

二人は何を用意しなければなりませんか。

中譯

男人和女人在準備開會的事。他們必須準備什麼？

F：還有要準備什麼來著？
M：我來check看看。嗯……，一人一份的報告書，還有附件資料。
F：有，OK。備齊了。
M：白板，白板筆，……。
F：嗯，1)有是有，可是白板筆要三種顏色對吧。藍色的已經快沒水了。
M：喔，那，我們需要藍色的白板筆。……嗯……然後，要投影，所以要有投影機跟布幕。
F：有，沒問題。都安裝好了。
M：喔，還有與會者的名牌。
F：對喔。2)我記得與會者有部分變更對不對？
M：3)那麼，這也得做一做。

他們必須準備什麼？

重點解說

1)這裡的「いい」指事物的狀態OK，所以白板筆是有的，就是藍色的顏色太淡了，得補充。2)副詞「確か」代表對於與會者變更一事，說話者雖然不能百分百確定，但自覺印象中應該不會有錯。3)代表同意。

解答：③

問題1-2番〔MP3 1-02〕

男の人と女の人が電話で話しています。女の人ははじめに何をしますか。

M：はい、ＮＰＯ法人地球サークルです。
F：あの、そちらで国際交流のボランティアを募集していらっしゃるって、インターネットで見たんですけど……
M：はい、募集しております。入会をご希望でしょうか。
F：希望すれば、だれでも入会できるんでしょうか。
M：そうとは限りません。まずメールで履歴書を送って1)いただいて、それから面接をします。それでこの活動にふさわしい方だと判断しまして、入会希望者の方にもこちらの趣旨をご理解いただけましたら、正式に会員になっていただきます。正会員になっていただきましたら、会費をお支払いいただきます。
F：2)履歴書をお送りする前に活動を見学3)させていただくことはできませんか。
M：でしたら今度の土曜日の午後にこちらにいらして、外国人の子どもたちのサポート活動を見学なさいますか。4)メールでお申し込みいただきますが。
F：じゃ、そうさせてください。
M：はい、じゃ、メールをお待ちしています。

女の人ははじめに何をしますか。

解答：②

中譯

男人和女人在講電話。她一開始要做什麼？
M：您好，這裡是非營利組織地球協會。
F：那個，聽說貴單位在招募國際交流的志工，我是在網路上看到的……。
M：是的，現正招募中。您想入會嗎？
F：只要有意願，誰都能入會嗎？
M：不一定。要1)請您先用e-mail寄履歷過來，之後再面談。這樣我們確認申請人適合這項活動，並能得到申請人對我們宗旨的理解的話，就會正式邀請您成為會員。請您成為正式會員之後，要請您繳交會費。
F：2)寄履歷之前，可以3)請您讓我參觀相關活動嗎？
M：這樣的話，您要不要這星期六下午過來這裡，參觀外國小朋友的關懷活動？4)不過要麻煩您用e-mail報名。
F：那麼，請容我這麼做。
M：好的，那就等您的e-mail。
女人一開始要做什麼？

重點解說

1)「動詞＋いただく」指「我要得到您的某種行動」，也就是「(我要)請您～」的意思。2)她提出想先參觀活動再寄履歷。3)「使役形＋いただく」是「(我要)請您讓我～」的意思。4)補充說明想參觀要先報名。

問題1-3番〔MP3 1-03〕

女の人と男の人が話しています。変更になった点は何ですか。

F：明日は研修の開会ね。式次第、予定通りで大丈夫？

M：えーと、それがねえ、変更点があるんだよ。

F：えっ、何？ ほかの人は知ってるの？

M：たった今わかったんだ。誰も知らないと思うから伝えてよ。えーと、1) まずね、基調講演の山村先生だけど、到着が20分遅れになる。

F：え、そうなの。わかった。2) でも講演の始まりは同じでいいのね。

M：3) そうだけど、到着後すぐ講演を始めることになるから、控室にご案内するのはやめて、直接会場に来ていただく。だから荷物やコートなどは事務局でお預かりして。

F：わかった。じゃあそれは私がやるわ。

M：頼むよ。4) それから、山村先生はパソコンを持っていらっしゃるってことだったんだけど、こちらのを使うって。だから到着前にパソコンをセットして、パワーポイントがすぐ使えるようにしておかないと。

F：了解。じゃあそれは川田さんに頼むわ。それから、いまの変更点、スタッフに伝えておくね。

M：うん、よろしく。僕は会場を見てくるよ。

変更になった点は何ですか。

解答：②

中譯

女人和男人在講話。變動的部分是什麼？

F：明天是研討會的開幕典禮。典禮流程按照預定進行OK嗎？

M：嗯……，那個，有變動哦。

F：蛤？什麼？其他人知道嗎？

M：我剛剛才知道的。我想應該沒人知道，妳轉達一下哦。嗯，1) 首先啊，就是專題演講的山村老師，抵達的時間會晚20分鐘。

F：啊，這樣喔。好喔。2) 不過演講的開始時間可以維持不變吧。

M：3) 是可以，不過因為變成人一到馬上開始演講，就不帶去休息室了，要請老師直接來會場。所以行李外套之類的事務組要幫忙保管。

F：好喔。那就由我來保管。

M：麻煩妳了。4) 還有，原本說山村老師要帶電腦過來，現在說要用我們的。所以老師到場前要先設定好電腦，隨時可以用PPT才行。

F：了解。那這部分我去拜託川田。然後我去跟工作人員說一下目前變動的部分。

M：嗯，麻煩妳了。我去巡一下會場。

變動的部分是什麼？

重點解說

1)「まず」點出第一個變更是抵達的時間變成1點20分，2) 想確認演講開始的時間是否不變，3) 給了肯定的答覆，4)「ってことだったんだけど」指出原本說好的事情有變化，演講人不帶電腦過來了。

問題1-4番〔MP3 1-04〕

パソコンを操作しながら男の人と女の人が展示会のパンフレットについて、話しています。会社の名前はどこに入れることになりましたか。

F：今度の展示会のパンフレットのデザインなんですけど、どうでしょうか。

M：う～ん。「未来に向けて」か。この斜めに入っているところ、なかなかいいねえ。だけど、これ、会社の名前が入ってないじゃない。

F：そうなんですよ。どこに入れても何かしっくりこなくて、一番下に小さく入れてみたんですけど、そうするとあまりにも目立ちませんし、字の上にかぶせちゃうっていうのも考えたんですけど……。

M：上はどうかなあ。左端か右端に……。

F：こうですか。

M：う～ん。1)インパクト、ないなあ。じゃ、2)未来に向けてのすぐ下に入れたら。デザインの一部みたいに。真ん中あたりに。

F：じゃ、こんな感じで。……ああ、いいかもしれませんね。

M：3)よし、それでいこう。で、会場の案内はどこに入れるの。

F：それはこの右下でいいと思いますが。

M：そうだね。そうしよう。

会社の名前はどこに入れることになりましたか。

解答：③

中譯

男人和女人邊操作電腦邊談展覽會的宣傳手冊。公司的名字會放到哪裡？

F：這次展覽會宣傳手冊的設計，你覺得怎麼樣？

M：嗯……。「迎向未來」啊。這斜斜切入的設計很不錯欸。不過，這沒放公司的名字哦。

F：就是啊。放哪裡好像都有點格格不入。我試著縮小放在最下面，可是這麼一來也未免太不顯眼了，我也想過要不乾脆把它蓋在字的上面，可是……。

M：如果放到上面呢？最左邊或最右邊……。

F：這樣嗎？

M：嗯……。1)不夠吸睛欸。不然，2)把它放到迎向未來的下面緊貼著呢？弄成像設計的一部分。放到正中央一帶。

F：那，像這樣。……喔喔，好像可以哦。

M：3)OK，就用這個吧。對了，展場地圖要放哪裡？

F：那個我覺得可以放到這個的右下方。

M：嗯。就這樣吧。

公司的名字會放到哪裡？

重點解說

雖然他提議放到左上或右上，但1)又認為沒有視覺衝擊力，2)再提議放在標題的下面，「すぐ」指距離很近，所以選項C比D適合。她改了一看也覺得不錯，於是3)拍板定案。

問題1-5番〔MP3 1-05〕

男の人と女の人が話しています。女の人は明日何をしますか。

M：来週引っ越しするんだって？準備、もうできたの？

F：真っ最中よ。最近は、毎日そのことばかり考えてるわよ。だいたいいいと思うんだけど……。もう隣近所にあいさつもしたし。

M：へえ。そういうことは早いんだね。荷物の梱包はどうなの？一番大変じゃない？

F：うーん、洋服関係、本や雑誌、食器とか台所用品、引き出しの中の細かい物……。そういうのは大丈夫。あと何？

M：えーと、布団とか電気機器なんか、運べるようになってるの？

F：まだだけど、それは引っ越しの業者がしてくれるのよ。

M：そうか、じゃまあいいね。あと、届け出とかは？

F：ああ、それはまだ。えーと電気とかガスは、電話して止めてほしいって言えばいいでしょ……あ、区役所に転出届出すのはまだよ。

M：1) ああ、それ早めにしといたほうがいいんじゃない？間際になると時間がなくなるって言うよ。

F：本当？じゃあ、さっそく今日行こうかな。えーと、郵便局へも行ったほうがいいんだよね？

M：もう6時過ぎたから閉まってるよ。明日でいいんじゃない？郵便局は、引っ越してからでも大丈夫だよ。

F：うん、2) じゃあそっちだけ、明日する。

中譯

男人和女人在講話。她明天要做什麼？

M：聽說妳下星期要搬家？已經準備好了嗎？

F：正忙著呢。最近每天想的全是這件事。不過應該大致OK了……。也跟附近的鄰居打過招呼了。

M：啊？這也太早了吧。東西打包的部分呢？這個最麻煩了吧。

F：嗯……，衣服、書本雜誌、餐具類廚房用品，抽屜裡的雜物……。這些都弄好了。還有什麼呢？

M：嗯……，像棉被、電器之類的，都打包好可以搬了嗎？

F：還沒有，不過那些搬家公司會幫我處理。

M：這樣啊，那就差不多了嘛。還有，行政程序之類的呢？

F：喔，那個還沒弄。嗯……像電跟瓦斯只要打電話請他們停掉就可以了吧……啊，我還沒去區公所辦遷出登記。

M：1) 喔，那個早點去辦一辦比較好吧。事到臨頭才去辦，他們會說時間不夠哦。

F：真的？那，我要不要今天就去啊。嗯……，是不是也該去一趟郵局呢？

M：都過6點了，早關門了啦。明天再去就可以了吧。郵局的部分，搬完再去也OK啊。

F：好，2) 那就只有這個，我明天去處理。

她明天要做什麼？

女の人は明日何をしますか。

重點解說

1)電跟瓦斯隨時都可以打電話停掉,所以他提醒她的「それ」,是她剛剛說的遷出登記,太晚去辦可能會逾期。2)區公所和郵局都可以明天去,但郵局不急,於是她說「そっちだけ」,表示明天只去區公所。

解答:③

問題1-6番〔MP3 1-06〕

男の人と女の人が話しています。2人はどの部屋を予約することにしましたか。

M：来週の役員会の会議室ですが、どこを取っておきましょうか。

F：そうねえ。広い部屋がいいけど……。どこも空いているんですか？

M：ええ、今のところ4号室だけ予定が入っていて、あとは大丈夫です。

F：1)じゃあ広い3つのうちどれかにしますか。

M：2)窓のある方にしましょうか。開放的な感じがしますから……。

F：そうですねえ。でも、この前けっこう騒音があるって言われたんじゃなかった？

M：ええ、そうでした。でもあの時の工事は終わっていますから……。

F：じゃあ大丈夫か。ああ、もうひとつの端の部屋、私たちのオフィスに近いじゃない？何かあった時便利かもしれないと思うんですけど。

M：それはありますね。3)……ああ、あと、2号室ですが、木製の丸テーブルで椅子の座り心地もいいと好評ですよ。

F：なるほど。ほかの部屋は殺風景だものね。4)近いっていっても、この程度だから。じゃあ、窓のある部屋とインテリアのいい部屋を予約しておきましょう。それで役員の人に相談してみます。

M：承知しました。

2人はどの部屋を予約することにしましたか。

解答：①

中譯

男人和女人在講話。他們決定預約哪個房間？

M：下星期董事會的會議室，我們要先預約哪一間？

F：是啊。大一點的比較好……。全部都空著嗎？

M：嗯，目前只有4號有人預約，其他的都沒問題。

F：1)那我們要從3間大會議室裡選一個了？

M：2)我們選有窗戶的吧？比較有開放的感覺……。

F：是啊。不過，前陣子不是有人說噪音很吵嗎？

M：對，之前是這樣。不過當時的工程已經結束了……。

F：那就沒問題了吧。喔，另一頭的會議室，不是離我們辦公室比較近嗎？臨時有事的時候說不定比較方便。

M：的確是。3)……對了，還有，2號有木製圓桌，椅子坐起來也很舒服，評價滿好的。

F：是這樣啊。確實其他的會議室都太單調死板了。4)其實說近一點也就這樣。那麼，我們就先訂有窗戶的跟裝潢漂亮的吧。我再去跟董事們討論看看。

M：好的。

他們決定預約哪個房間？

重點解說

1)提到要從1、2、6這3間大會議室裡選，2)建議選有窗戶的，3)建議裝潢漂亮2號，4)雖然她自己提議離辦公室近的，但又自己否決了，最後決定選有窗戶的和有裝潢的。

問題1-7番〔MP3 1-07〕

男の人と女の人が話しています。男の人はまず何をしますか。

M：あ、先輩！
F：あら、田中君、久しぶり。あれ、何か、元気ないんじゃない。
M：あ、はい。実は、まだ就職が決まらないんですよ。もう、自信、なくしちゃって。
F：大きいところばかり狙ったんじゃないの？
M：ええ、まあ。
F：それじゃ難しいわよ。1)中小企業の合同説明会に行ってみたら？2)いろんな会社が来ていて、個人的にとても親切に、説明してくれるみたいよ。
M：はあ。
F：3)中小企業でも優秀な会社はたくさんあるし、大企業よりむしろ仕事はおもしろいかもしれないわよ。あ、そうだ、確か来週、どこかで説明会があったと思うけど。
M：4)そうですか。じゃ、とりあえず、調べてみます。
F：そうね。ところで、どんな業種がいいの。
M：実は、特にこういう会社っていうイメージがわかなくて。
F：5)じゃ、やっぱりいろいろな会社の説明を聞いてみたら？
M：はい、わかりました。アドバイス、ありがとうございました。

男の人はまず何をしますか。

解答：②

中譯

男人和女人在講話。他首先要做什麼？
M：啊，學姐！
F：哦，田中，好久不見。欸？你怎麼有點無精打彩的？
M：喔，對啊。不瞞妳說，我還沒找到工作呢。我已經對自己失去信心了。
F：是不是因為你淨找一些大公司啊？
M：嗯，是啊。
F：那當然難啦。1)你要不要去中小企業聯合說明會看看？2)好像有很多家，還會針對個人很親切地解說哦。
M：喔。
F：3)中小企業也有很多優秀的公司，而且說不定工作還比大公司更有意思呢。啊，對了，我記得好像下星期哪裡有辦說明會。
M：4)是嗎？那，我先去查查看。
F：就是啊。話說，你覺得哪種行業比較好？
M：其實我並沒有對哪種公司有特別的印象。
F：5)那，還是去聽聽看各家公司的說明吧。
M：好。謝謝學姐的建議。

他首先要做什麼？

重點解說

1)她建議他去參加中小企業的說明會，2)和3)是建議的理由，4)他表示會先去查說明會的時間和地點，5)再次建議他去參加說明會，以增進對各行各業的理解。

問題1-8番〔MP3 1-08〕

男の学生と女の教授が、学期末試験について話しています。男の学生は、このあとすぐ、何をしますか。

F：期末が近くなりましたが、準備は大丈夫ですか。

M：ええと……。今期は、筆記試験が3科目と、口頭試問が1つ、それからプレゼンテーションが2つです。準備は、えーとそうですね、7割方できた、というところでしょうか。

F：そう。プレゼンテーションの資料はできたんですか。

M：材料は揃いましたが、スライドで見せるので、そのデータを作成中です。話すための原稿は、ほとんどできました。

F：うん、順調ね。えーとそれから、筆記試験の科目は何ですか。

M：国際経済学と西洋美術史、それと、コミュニケーション論です。国際経済が難しくて、もうちょっと勉強しないと。

F：ああ、なるほど。……えーと、西洋美術史は、どこからどこまでが出題されるか、決まっているんじゃなかったかしら。

M：え、そうですか。ちょっと僕、それは知らなかったんですけど。あ、じゃあクラスメートに聞いてみよう。

F：1)そうね、今すぐしたほうがいいわね。……それから後は、口頭試問、確か英語ですね。

M：そうなんです。英語でディスカッションするんです。しかも想定は広告会社のマーケティング会議。これ、相当難しいですよねえ。

中譯.

男學生和女教授在談期末考的事。他接下來馬上要做什麼？

F：快期末了，你都準備好了嗎？

M：嗯……。這學期有3科筆試，1科口試，還有2科簡報。準備的進度，這個嘛，差不多到7成了吧。

F：喔。簡報的資料做好了嗎？

M：材料都有了，只是要放投影片，所以還在編輯資料。要講的原稿差不多完成了。

F：嗯，很好。嗯……然後，筆試的科目有什麼？

M：國際經濟學跟西洋美術史，還有，溝通論。國際經濟好難，我還得再加把勁才行。

F：喔，這樣啊。……那個，西洋美術史出題範圍從哪裡到哪裡，不是好像有設定嗎？

M：蛤？是嗎？我都不知道有這件事。喔，那我找同學問問看。

F：1)是啊，現在馬上去問一問比較好哦。……然後還有，口試，好像是用英語嘛。

M：就是啊。要用英語進行討論。而且假設的背景是廣告公司的行銷會議。這實在是有夠難的。

F：是啊。不過進公司上班一定要會的。你要把它當作一個好機會，好好準備。2)……不過首先還是剛才那件事，別忘了哦。

M：3)啊，好，我馬上去。謝謝老師的指導。

他接下來馬上要做什麼？

F：そうよねえ。でも企業に就職したら必ず求められますよ。いいチャンスだと思って、しっかり取り組むことね。2)……でもまずはさっきの件、忘れないようにね。

M：3)あ、はい、すぐします。先生、いろいろとありがとうございました。

男の学生は、このあとすぐ、何をしますか。

重點解說
1)建議他立刻去問西洋美術史的出題範圍，2)再次提醒要先去問清楚，3)回答立刻去問。

解答：③

問題1-9番〔MP3 1-09〕

男の人と女の人が電話で話しています。女の人はこれから何をしますか。

M：はい、なにわ区民ホール健康管理センターです。

F：あ、えーと、区民ホールでヨガとかエアロビクスのレッスンが受けられると聞いたんですが、この番号でいいでしょうか。

M：ええ、大丈夫ですよ。1)えーと、まず健康管理センター所属のスポーツクラブに入会していただく必要があるんです。

F：あ、そうですか。入会と登録はいつでもできるんでしょうか。

M：2)そうですね、クラブの入会は随時なんですが、レッスンの登録は、それぞれのレッスンのスケジュールによります。スケジュールは、区の広報紙かホームページを見ていただけるといいんですが。

F：わかりました。では、ホームページを見てみます。あと、マシンやプールも使えますよね。

M：ええ、もちろん。3)クラブに入会なされば、ホールのトレーニングマシンとかプール、体育館などの施設の使用は自由ですよ。こういうものは、登録の必要はありません。なので、もし自由に施設をお使いになりたいということでしたら、まず入会されるのはいかがでしょうか。

F：あー、そうですか。なるほど。4)じゃあ、そうしよう。レッスンの登録は、スケジュールを見てから決めてもいいですよね。

M：はい。もしよろしければ、見学も可能ですが。

中譯

男人和女人在講電話。她接下來要做什麼？

M：浪速區公民會館健康管理中心您好。

F：啊,那個,我聽說公民會館有開瑜珈跟有氧運動的課程,是這個電話沒錯吧?

M：對,沒錯。1)嗯……,那首先要請您加入健康管理中心的運動俱樂部。

F：啊,是喔。入會跟報名上課是什麼時候都可以的嗎?

M：2)這個嘛,俱樂部入會是隨時都可以的,不過報名上課要看每個課程的時間表。課程時間表您可以看區公所的區政刊物或區公所的網頁。

F：好。那我就上網去看看。還有,健身器材跟游泳池也可以用對不對?

M：當然。3)您只要加入俱樂部,會館裡的健身器材跟游游池、體育館等設施都可以自由使用。這些是不需要報名登記的。所以,如果您是想要自己使用相關設施的話,要不要先入會就好?

F：喔,這樣啊。原來如此。4)那,就這麼辦吧。報名上課的部分,可以等看過課程時間表再決定對不對?

M：是的。您願意的話,也可以來參觀。

F：5)喔,不過你們那裡我有去過,先不用了。那我趕快來辦手續。可以用e-mail嗎?

M：可以的,那就等您來信了。

F：⁵)ええ、でもそちらには行ったことがありますので、大丈夫です。じゃあさっそく、手続きをします。メールでいいんですね。

M：はい、お待ちしております。

女の人はこれから何をしますか。

解答：①

她接下來要做什麼？

重點解說

1)說明要先入會才能報名上課，2)說明要先看課程時間表之後再報名上課，3)說明只要入會就能使用會館的設備，不必再報名登記，建議先入會，4)採納先入會再說的建議，5)婉拒參觀的邀請。

問題1-10番〔MP3 1-10〕

男の人と女の人が、建物の計画について話しています。これから考える点は、何ですか。

M：ではこの建築計画書をご覧ください。ここに込められているのは、これからの建築のあり方に関する新しい考え方です。

F：ふーん……、つまりスペースを何に使うかという目的性をなくしてしまおうということですね。

M：そうなんです。逆に言えば何でもできるということです。Wi-Fi（ワイファイ）を引いてネット使用を可能にして、大きさの違うテーブルや机を点在させます。これにより、一人で仕事や勉強や自由時間を過ごしたりできますし、何人かで話し合いをすることも可能です。

F：その点はいいですね。1) ただ、どこでもネットが使えるというのはどうなんでしょうか。ネットを排除して、対面の会話も重要視したいと思うのですが。

M：2) なるほど。ではWi-Fiの制限が可能かどうか検討してみます。あるいは、パソコンや携帯電話の使用を認めないスペースを作るかどうか……。

F：3) そうですね。その点、検討課題にしましょう。……ところで壁ですが、直線ではなくカーブしているんですね。

M：はい、これも大きな特徴で、その方が多様な目的に対応できるんです。

F：ふうん。で、災害対策の点はどうでしょうか。本棚などを壁に固定することはもちろん、壁内部の強化も大事なんですが。

中譯

男人和女人在談建築物的計劃。接下來要思考的部分是什麼？

M：請看這份建築計劃書。這裡面有關於將來建築的新思惟。

F：嗯……，簡單說就是要把空間拿來做什麼的這種目的性給去除掉嘛。

M：沒錯。反過來說就是要拿來做什麼都可以。接Wi-Fi連上網路，再零星擺上幾張大小不一的桌椅。如此一來，既可以一個人工作、讀書或享受自己的時間，也可以幾個人聚在一起談話。

F：這一點很不錯啊。1) 不過哪裡都能上網真的好嗎？我覺得無網路環境下的面對面對話也很重要。

M：2) 喔，這樣啊。那我們再研究看看能不能將Wi-Fi設限。或者，看看要不要設一個禁止使用電腦和手機的空間……。

F：3) 是啊。這部分就當作待解決的課題吧。……對了，這牆壁，不是直線而是曲線啊。

M：是的，這也是一大特色，這樣可以因應多種使用目的。

F：喔。對了，防災對策的部分怎樣？書架之類的固定在牆壁是一定要的，牆壁內部的強化也很重要。

M：是的，這部分請看這邊的設計圖。這樣的設計對於相當大的搖晃也都能因應。

F：原來如此，這部分看起來應該沒問題了。當然使用方式和設計也很重要，不過再怎麼說，抗災能力強還

M：はい、それはこちらの設計図をご覧ください。相当大きな揺れにも対応できるようにしてあります。

F：なるほど、その点は大丈夫そうですね。もちろん使い方やデザインも大事なんですが、何といっても災害に強いということが一番ですから。

これから考える点は、何ですか。

是首要之務。
接下來要思考的部分是什麼？

重點解說

1)對哪裡都能上網表示不太贊同，2)回答說會再研究解決之道，3)決定限制電腦手機上網的事列為「檢討課題」，也就是接下來要想辦法解決的問題。其他如桌椅的配置、牆壁的設計、防災對策都維持原案不改。

解答：①

問題1-11番〔MP3 1-11〕

男の人と女の人が会社で業務カレンダーを見ながら話しています。変更するのはどれですか。

M：5月は連休があるから、通常の月より忙しいですね。

F：そうですね。少しスケジュール調整をしましょうか。ミーティングなんかは、連休の前にすませたほうがいいかなあ。

M：そうですねえ。……でも商品開発の話し合いはブレーンストーミングだからあんまり急いでもどうなんでしょう。かえって休みでリラックスしている時にいいアイデアが浮かぶものですよね。

F：<u>1)それも一理ありますね</u>。そのままにしましょう。えーと、月例報告会のほうは……。

M：<u>2)ええ、動かしましょう</u>。後になってもいいと思います。えー、そのほか5月に予定されている業務はどうしましょうか。

F：私が思うには、営業レポートは3日程度延期してもいいのではないかと。連休のすぐ後よりも少し営業日数があったほうがいいのではないでしょうか。

M：<u>3)そうですね</u>。ではそうするとして、部長会議と役員会議はいつもの通りのほうがいいですよね。

F：<u>4)ええ、そう思います</u>。それと、新プロジェクトメンバー決定は、予定通り進めた方がいいですね。スタートが遅れると後に響きますから。

M：<u>5)ええ、これについては、メンバー決定について</u>事前の話し合いが必要ですね。

F：ええ、それは今日しましょう。

中譯

男人和女人在公司看著行事曆講話。要變更的是哪個？

M：5月有連假，所以比平常的月份更忙。

F：是啊。稍微調整一下時程表吧。開會之類的，是不是在連假前做一做比較好呢？

M：是啊。……不過商品開發的討論是一種腦力激盪，太早也不見得適合吧？反而是休假放輕鬆的時候往往會冒出好的點子呢。

F：<u>1)言之有理</u>。就維持原狀吧。嗯……，至於工作月報的部分……。

M：<u>2)嗯，挪一挪吧。晚一點應該也OK</u>。嗯……，其他5月預定的業務要怎麼辦？

F：我覺得，銷售報告或許可以往後延差不多3天。與其連假後馬上做，過幾個銷售日之後再做應該比較好吧。

M：<u>3)是啊</u>。那就這麼做，至於部長會跟董事會最好是照舊吧。

F：<u>4)嗯，我也這麼覺得</u>。還有，新企劃組員人選的審定，最好是按原訂計劃。太晚開始會影響到後續。

M：<u>5)嗯，這件事，關於組員的人選，得事先討論過才行</u>。

F：嗯，那就今天討論吧。

M：好。那5月的預定就這樣。

要變更的是哪個？

M：わかりました。では、5月の予定はそういうことで。

変更するのはどれですか。

> **重點解說**
> 商品開發會議1)同意不變。工作月報2)主張延後。銷售報告往後延一事3)同意。部長會和董事不動一事4)贊成。新企劃組員的審定不延期一事5)同意。最後說今天要對人選進行事前討論，但這不影響審定的日期。

解答：②

問題1-12番〔MP3 1-12〕

パソコンを操作しながら男の人と女の人がパンフレットのデザインについて話しています。団体の名前はどこに入れることになりましたか。

F：パンフレットの表紙なんですけど、どうでしょうか。

M：ああ、いいんじゃない。タイトルのデザインも写真も、コンセプトをよく表していてなかなかいいと思うよ。それで、団体の名前を入れるんだよね。

F：そうなんですが、どこに入れたらいいと思います？一番下か、タイトルの上か、それとも、えーと、こんな感じで、タイトルと写真の間とか……。

M：うーん、人間の目は上から見るっていうからねえ。上の真ん中はどう？

F：こうですか。

M：1)う〜ん。文字が上に集まりすぎる感じかな。……ところで、サブタイトルなんか入れないの？この写真のイメージに合わせて、"一人ひとりの力が地球を支える"……みたいな。

F：そうですね。では、その文と文字のデザインはまた後で考えてみるとして、サブタイトルは写真にかぶせましょうか。

M：この、空の辺りね。いいと思うよ。そうすると、団体名は……。

F：ここにしましょう。2)こちらだと、文字が上に集まりすぎて、ごちゃごちゃしますから。

M：そうだね。3)その方が全体にすっきりしたデザイン

中 譯

男人和女人操作著電腦討論宣傳手冊的設計。團體的名字會放到哪裡？

F：這宣傳手冊的封面，你看怎麼樣？

M：喔，很不錯啊。標題的設計和照片都有展現出核心概念，我覺得滿好的。然後，還要加入團體的名字。

F：是啊，你覺得放在哪裡好？最下面？還是標題的上面？不然，嗯……，像這樣，放在標題跟照片之間……。

M：嗯……，人家說人類看東西是從上往下的嘛。上面的正中央妳覺得怎麼樣？

F：這樣嗎？

M：1)嗯……。好像文字都擠在上面的感覺欸。……對了，妳不放副標題之類的嗎？像是配合這照片的意象，加入「一人一份力量撐起地球」……之類的。

F：對喔。那，句子跟文字的設計之後再研究，這副標題套在照片上面好不好？

M：這個，天空附近啊。可以欸。這麼一來，團體的名字……。

F：放這裡吧。2)這邊的話，文字全擠在上面，看起來亂糟糟的。

M：是啊。3)這樣的設計比較整體均衡，看起來整潔順眼多了。

團體的名字會放到哪裡？

になるね。

団体の名前はどこに入れることになりましたか。

重點解說
1)覺得團體的名字放上面太擠。之後兩人討論設副標題並放在選項B的位置，2)再提到文字不要全擠在上面，3)認為這樣的設計兼顧整體，較為均衡，所以是上：標題，中(選項B)：副標題，下：團體的名字。

解答：③

問題1-13番（MP3 1-13）

男の人と女の人が話しています。二人は何を捨てることにしましたか。

M：ねえ、この雑誌によれば、物のありすぎる生活というのは、頭脳によけいなことを考えさせるそうだよ。何かを見ることで頭脳はそれに関連した何かをイメージする……。あのさ、これからは部屋に物を置きすぎないようにしようよ。周囲をシンプルにしたほうが脳にもいいみたいだよ。よけいなことを考えないですむよ。

F：そうねえ。……よけいなことねえ。いろいろ考えたほうが頭の運動になるんじゃないかという気もするけど。まあ、いいわ。で、何を整理する？1年間着なかった服？　それとも、もう読むことのない本？

M：うーん、そうだねえ。または、置物とか、飾りとか。

F：でもそういうものは思い出が詰まっていたり、人にもらったものだったりするのよね。捨てにくいでしょう。

M：そうなんだけどねえ。でもそんなこと言っていると何も処分できないよ。どう、この古い人形とか陶器の置物。

F：それは、私の子供のころの……。ねえ、それよりこの自然科学の雑誌は？50冊以上あるけど、10年前じゃない。

M：うーん。 1)…あのさあ、こんなこと言い合っていると進まないからさ、それぞれが自分のものを一つずつっていうのはどう？ぼくは、10年前のそ

中譯

男人和女人在講話。他們決定要丟掉什麼？

M：欸，這本雜誌在說，生活中東西太多，會讓腦袋想一堆多餘的事。當我們看到什麼東西時，腦中就會聯想到跟這東西相關的事物……。我說啊，以後房間裡就別擺太多東西了吧。把周遭弄得簡約一點，好像對頭腦也比較好呢。就不會去想一些有的沒的了。

F：是啊。……多餘的事啊。我倒覺得東想西想也算是頭腦的運動呢。OK，好吧。那要來整理什麼？一年沒穿的衣服？還是已經不會再看的書？

M：嗯……，這個嘛。或者像擺飾啦裝飾品？

F：可是這些要不有滿滿的回憶，要不就是人家送的欸。很捨不得丟吧。

M：是這樣沒錯啦。可是這樣說就什麼都不能清掉了啊。你覺得呢？像這個舊人偶，還有陶製的擺飾。

F：那是我小時候的……。你看，這個自然科學的雜誌更該丟吧？都超過50本了，這不是10年前的嗎？

M：嗯……。1)……我說啊，妳一句我一句地爭論這些會一直卡在這裡，不如各自選一種自己的東西怎麼樣？我把10年前的這個牙一咬扔了。妳也選一種吧。

F：2)好吧，那……。那還是選一年沒穿的舊套裝跟大衣吧。

他們決定要丟掉什麼？

れ、思い切って処分するよ。君も何か選んでよ。

F：2)わかったわ、じゃあ……。やっぱり1年間着なかった古いスーツとコートね。

二人は何を捨てることにしましたか。

解答：④

重點解說

她人偶、擺飾都捨不得丟，最後1)他提議各自選一種丟掉，他選的「10年前のそれ」是前面提到的雜誌，2)她選擇丟掉套裝大衣等衣服。

問題1-14番〔MP3 1-14〕

女の社長と男の秘書が話しています。3つの部署は明日までに何を作らなければなりませんか。

M：社長、明日の部課長会議は、大地震が発生した場合の措置についてですが、どんな事前準備が必要でしょうか。

F：そうね、重要な会議よね。えーと、会議でまず決めないといけないことは、地震発生直後の行動とか各自の役割、……。

M：そうですね、避難方法、従業員の安全確認などですね。

F：ええ……総務部長にその辺のプランを作ってもらうというのは、どうかしら。

M：それがいいと思います。1) 総務部に、たたき台というか、計画案を作って会議に出席してもらったらどうでしょうか。

F：ああ、それがいいですね。えーと、それから、顧客への連絡とコンピューター管理の2点も重要。

M：ええ。……2) では、顧客連絡は営業部に、コンピューター関係は業務部にプラン作成を要請しましょう。総務は避難計画ですから、3) 3部署でそれぞれ担当の計画案を作って会議に参加するように伝えましょうか。

F：それがいいですね。各部署で可能な限りいろんな想定をして、会議に来てもらいましょう。

M：では、それぞれ書面を準備するように言います。

F：そうね。4) でも明日は書類配布は不要です。パワーポイントの説明だけにして、会議の後で書面にしてもらいましょう。

中譯

女社長和男祕書在講話。三個部門明天之前必須做什麼？

M：社長，明天的部課長會議，要討論發生大地震時的措施，需要事先做怎樣的準備呢？

F：是啊，這是很重要的會議欸。嗯……會議中首先要確定的是，地震發生後立即採取的行動，還有各自的任務……。

M：是啊，還有避難方式、員工安全的確認等等。

F：嗯……請總務部長做一份這部分的計劃，你覺得怎樣？

M：我覺得這樣很好。1) 您覺得是不是請總務部做一份用來討論修正的基本草案，或者應該說是計劃案的東西來開會？

F：喔，這個好。嗯……，然後，跟客戶的聯絡和電腦管理這兩件事也很重要。

M：嗯。……2) 那麼，顧客聯絡我來請銷售部提案，電腦相關的部分請營運部提案。總務部要提的是避難計劃，3) 所以我就轉告這三個部門做好各自負責的計劃案來開會好不好？

F：這個好。我們請各部門盡量假設各種情況再來開會討論。

M：那，我跟他們說要各自準備書面資料。

F：是啊。4) 不過明天不用發書面文件。請他們用PPT說明就好，會議結束後再做成書面文件。

M：了解しました。それではその旨、各部門の長に伝えます。

３つの部署は明日までに何を作らなければなりませんか。

M：好的。那我去跟各部門的負責人聯絡這件事。

三個部門明天之前必須做什麼？

重點解說
1)提議請總務部提草案帶到會議中討論，2)提議請銷售部和運營部提各自相關的草案，3)再確認要請3個部門的人帶各自的提案來開會討論，4)地震對策的書面文件是會後才要彙整製作的。

解答：④

問題1-15番〔MP3 1-15〕

男の人と女の人が、空港で話しています。二人はどうすることにしましたか。

M：あ、俺たちの乗る便、欠航だよ。

F：あ、やっぱり。ね、今日の便はみんな欠航ね。飛ぶのを待つしかないかな。

M：この雪だもんな～。そうだなあ。新幹線で帰るか。新幹線は動いてるだろう？

F：分からないわよ。それに、きっとすごい混雑よ。指定席、取れないわよ。きっと。

M：今日帰れないと、明日から会社にも行けないし、困ったなあ。

F：だから一日余裕をみて予定を立てればよかったのよ。

M：今さらそんなこと言ってもしょうがないだろう。それより、新幹線がどうか、調べてみよう……あ、新幹線もかなり本数を減らしてるね。

F：どうせ飛行機は無理だし、今のうちに新幹線に乗れるように駅に行ってみない？

M：そうだね。1)で、新幹線も難しかったら、もう一泊して明日帰るしかないね。

F：2)明日の朝早いので帰れば、午後からは仕事もできるわね。じゃ、いっそのこと無理しないでもう一晩、ここに泊まることにしない？

M：そのほうが無難だね。よし。駅の近くのホテルを確保しよう。

F：3)じゃ、私は明日の新幹線の切符、とれるかどうか見てみる。

中譯

男人和女人在機場講話。他們決定要怎麼做？

M：啊，我們要搭的班機停飛了。

F：啊，果然。欸，今天的飛機全都停飛欸。只能等了嗎？

M：因為這場雪啊。對啊，要不要搭新幹線回去？新幹線有開吧？

F：誰知道。而且，鐵定人滿為患。絕對訂不到座位的。

M：今天回不去，明天就不能去公司上班了，傷腦筋欸。

F：所以說要是當初計劃的時候多留一天應變就好了。

M：事到如今說這個有什麼用？不如來查查看新幹線的情況……啊，新幹線也好多班次停駛欸。

F：反正飛機是別想了，要不要趁早去車站看看能不能搭上新幹線？

M：是啊。1)話說，如果新幹線也搭不上的話，就只好再住一晚，明天才回去了。

F：2)明天早上如果能搭早一點的班次回去，下午還能去上班呢。那，乾脆別折騰了，在這裡再住一晚好不好？

M：這樣是比較穩當。好。我來訂車站附近的飯店。

F：3)那我來看看訂不訂得到明天新幹線的車票。

他們決定要怎麼做？

二人はどうすることにしましたか。

重點解說

兩人本有意去車站看能不能搭今天的新幹線回家，後來1)擔心可能搭不上，2)建議乾脆就再住一晚，明天才回去，3)確定搭新幹線回去。

解答：④

問題1-16番〔MP3 1-16〕

男の人と女の人が話しています。男の人はまず何をするべきだと言っていますか。

F：山田さんは介護のお仕事をなさっているそうですね。
M：そうなんです。もう10年たちました。
F：お忙しいんでしょう？
M：そうですね。とにかく人手不足で。でも、最近は、優秀な外国人のスタッフが何人か入ってきて、とても助かっています。ただ、いろいろ問題もでてきています。
F：例えば？
M：やっぱり言葉です。うちでは日本語の授業を受けながら働いてもらえるようにしているんですが、何と言ってもネックは漢字ですね。1)まず漢字が分からなくても仕事には困らないという環境を作らないと、だめだと思います。2)もちろん、外国で働くということだけでも大変なんですから、心のケアも大切ですけど。
F：なるほど。とにかく、今は施設も介護スタッフも足りない状況ですからね。
M：そうなんです。ですからせっかく日本に来てくれた外国人介護スタッフの人たちが働きやすいようにしていかないといけないですね。

男の人はまず何をするべきだと言っていますか。

解答：④

中譯

男人和女人在講話。他說首先應該做什麼？
F：聽說山田先生您在做看護的工作。
M：對啊。已經做10年了。
F：工作很忙吧。
M：是啊。總之就是人手不足。不過，最近進來幾個很優秀的外籍員工，帶給我們很大的助力。只是，也衍生出種種問題。
F：像是什麼問題？
M：還是語言的問題。我們可以請他們一邊工作一邊上日語課，可是最大的瓶頸就是漢字。1)我覺得首先必須要打造一個就算不懂漢字，工作起來也不會有問題的環境。2)當然了，光是在外國工作這點就很不容易了，所以心理健康的支持也很重要。
F：原來是這樣。總之，都是因為現在機構跟看護人員都不夠的關係啊。
M：就是啊。所以我們一定要設法讓這些好不容易來到日本的外籍看護能順利工作。

他說首先應該做什麼？

重點解說

1)說出首先該做的事，2)以「もちろん」補充另一個重點，但並不是首要之務。

問題1-17番〔MP3 1-17〕

男の人と女の人が話しています。持ち込めるのは何ですか。

M：この間、マラソン大会があったでしょう。

F：ええ、世界中から有名な選手がずいぶん来ていたみたいですね。実は、私の友達も参加して、一応最後まで走ったって言ってました。

M：一般人も大勢参加するんですね。それはそうと、今はこういう大きいマラソン大会をする時には、テロ対策が大変なんですね。

F：本当にそうですね。外国人の参加者も多いですからね。今回は一万人以上の警備員を動員して警戒したそうですよ。参加者のチェックも厳しかったとか。

M：何か、ペットボトルの持ち込みもだめだったそうですね。

F：1)ええ、ペットボトルは中に液体爆弾が入っていてもわかりませんからね。水筒とかカンの飲み物とか瓶なども持ち込めなかったそうです。2)持ち込みが許されたのは、まだ開けてない紙パックの飲み物やゼリー飲料だけで、大きさも制限があって、大きいのはだめだったようですよ。参加した友達から聞いたんですけど。

M：じゃ、ランナーの水分補給はどうしたんですか。

F：給水所があって紙コップに入った飲み物を配っていたそうですけど、ランナーには不満も多かったようです。それから、前だったら、応援にきた人から差し入れをしてもらったりもでき

中 譯

男人和女人在講話。能帶進場的是什麼？

M：前陣子好像有馬拉松比賽嘛。

F：嗯，好像來了很多世界各地的知名選手。其實我朋友也參加了，說好歹有跑完全程就是了。

M：也有很多普通人參加啊。說起來，現在要辦這種大型馬拉松比賽，防恐對策一定很棘手吧。

F：真的是這樣。因為外籍參賽者也很多嘛。聽說這次出動了1萬名以上的保全人員來戒備呢。說參賽者的查驗也很嚴格。

M：聽說好像寶特瓶都不能帶進場。

F：1)對，因為寶特瓶裡面有液態炸藥也看不出來。聽說像水壺、罐裝飲料、瓶子這些都不能帶進場。2)准許帶進場的，好像只有未開封的紙盒裝飲料和果凍飲，連大小都有限制，太大的還不能帶呢。這是我參賽的朋友說的。

M：那，跑者是怎麼補充水分的？

F：聽說有水站會發紙杯飲料，不過好像很多跑者都怨聲載道。還有，以前的話，來加油的人可以送跑者飲食，這次也不行。我朋友說，儘管明白這是出於無奈，但還是忍不住想罵兩句。

M：可是，安全第一嘛，有什麼辦法呢。

能帶進場的是什麼？

たんですけど、それもダメ。仕方ないとわかっていても、文句を言いたくなったって、その友達が言っていました。
M：でも、安全第一ですから、しょうがないですね

持ち込めるのは何ですか。

解答：③

重點解說

1)說明寶特瓶、水壺、罐裝飲料、瓶裝飲料都不能帶進場，2)說明能帶進場的是未開封的紙盒裝飲料和果凍飲。選項2是果凍飲和紙「杯」飲料。

問題1-18番〔MP3 1-18〕

小学校で男の先生と女の先生が話しています。男の先生は何が難しいと言っていますか。

M：先生、うちの学校でもアクティブ・ラーニングを取り入れたらどうでしょうか。

F：アクティブ・ラーニングって、あの、子供が主体で授業を進めるっていうあれですね。私もいいと思います。子供たちの主体性を育てる授業は、早く始めた方がいいですよね。具体的にはどうすればいいでしょう？

M：そうですね。1)どのぐらいの頻度でやるとか、どの科目でやるとか、教師がどのぐらいサポートするのかとか、何年生から始めるのかとか、いろいろ考えなければいけませんね。

F：2)それから評価の仕方も考えなければ。

M：そうですね。3)僕は教師がどのように関わるかが一番難しいように思います。何年か前から始めている学校があるので、一度話を聞いてきます。

F：あ、それがいいですね。4)始める時期とか頻度は今度の会議で話し合うことにしましょう。

男の先生は何が難しいと言っていますか。

中 譯

男老師和女老師在小學裡講話。他說什麼很難？

M：老師，我們學校引進主動學習法（Active Learning）好不好？

F：主動學習法，就是那個以小朋友為主體來授課的學習法啊。我也贊成。培養小朋友自主性的課程，早一點開始比較好。具體來說要怎麼做呢？

M：是啊。1)實施的頻率、科目、教師輔助的程度、從幾年級開始，很多方面都要好好研究。

F：2)還有評量的方式也得好好想一想。

M：是啊。3)我認為教師介入的程度可能是最難的部分。有學校幾年前就開始實施了，我去探聽看看。

F：啊，好啊好啊。4)開始的時間和頻率，我們下次開會來討論吧。

他說什麼很難？

重點解說

1)提到要考慮的幾個方面，2)再補充要考量的項目，3)說出他覺得很困難的部分，4)開始的時期和頻率是下次開會要討論的議題。

解答：④

問題1-19番〔MP3 1-19〕

男の人と女の人が、就職の応募書類について話しています。男の人が一番行きたい会社には、どの書類を出さなければなりませんか。

M：提出書類が会社によって微妙に違うから、気を付けないといけないね。チェックしてみよう。

F：そうよね。募集要項、見てあげる。何社応募するんだっけ。

M：3社だよ。1) えーと、まず、アジア貿易は、履歴書と、職務経歴書と、卒業証明書……この3種類かな。

F：2) ううん、成績証明書、忘れないで。

M：そうか。よし。3) ……えーと、それから、IBCコンサルティングは、履歴書、卒業証明書……、これだけ？職務経歴書も成績証明書もいらないのかな。

F：そうね。よけいな書類はいらないんじゃない？それより実際に話して人物を見たいってことかな。

M：そうだよねえ、でも今の就職活動は、面接までいくつも段階があるから書類も重要なんだよね。……4) あ、違う、違う。自己紹介書っていうのがある！

F：ああ、その書類が一番大事なんじゃない？

M：そうだね。この会社は締め切りが近いから、今夜書くよ。

F：間に合わせてね。じゃあ、次の会社は……。

M：5) 株式会社ハーモニー。ここは北欧家具を扱っている小規模の会社なんだけど、おもしろそうなんだよね。えーと、履歴書と卒業証明書と……。

中譯

男人和女人在談求職的文件。他最想進的公司必須提交哪些文件？

M：要提交的文件，各公司都有些許不同，得小心一點。我來檢查看看。

F：對啊。我幫你check徵才資訊的內容。你是要應徵幾家公司來著？

M：3家。1) 嗯……，首先，亞洲貿易要交履歷表（個人簡歷）、職務經歷表（工作經歷+技能專長）、畢業證書……就這3種吧。

F：2) 不對，還有成績單，可別忘了。

M：這樣啊。OK。3) ……嗯，然後，IBC顧問要交履歷表、畢業證書……，就這樣？不用交職務經歷表和成績單嗎？

F：是啊。多餘的文件就不要了吧？他們的意思是更想要實際訪談，看看本人嗎？

M：應該是喔，不過現在找工作，在面試之前有好幾個關卡，書面文件也很重要啊。4) ……啊，不對不對。還有自我介紹。

F：喔，這個應該是最重要的吧？

M：是啊。這家公司快截止報名了，我今天晚上來寫一寫。

F：要趕在截止前交哦。好，下一家公司……。

M：5) Harmony公司。這是一家賣北歐家具的小公司，不過還滿有意思的樣子。嗯……，履歷表、畢業證書跟……。

F：6) 喔，上面寫說要在公司規定的應徵表格上填寫必要事項。要從網頁

F：⁶⁾ああ、会社指定の応募用紙に必要事項を記入って書いてある。ホームページからダウンロードして、それに書くのよ。たぶん、その内容が決め手になるんじゃない？

M：⁷⁾そうだね。僕としてはここが第一希望だから、時間をかけて書くよ。ほかの人にも読んでもらったほうがいいしね。

F：そうね。がんばって。

男の人が一番行きたい会社には、どの書類を出さなければなりませんか。

解答：③

下載來填寫。那些項目的內容多半就是關鍵吧？

M：⁷⁾是啊。就我而言，這家是第一志願，我要花點時間好好寫一寫。最好再請其他人幫忙看一看。

F：是啊。加油哦。

他最想進的公司必須提交哪些文件？

重點解說

1）和2）可知亞洲貿易要交的是a+b+c+d，3）和4）可知IBC顧問要交的a+c還有選項中沒有的自我介紹，5）和6）可知Harmony公司要交的是a+c+e，7）提到他最想進的是Harmony公司。

問題1-20番〔MP3 1-20〕

男の人と女の人が話しています。1990年の全世界の男性の平均寿命は、何歳ですか。

F：ネットのニュースで、世界の長寿の人たちが話題になってるわ。

M：そう。日本は世界に冠たる長寿国だからなあ。ところで、日本は男女とも1位なの？

F：えーと、2015年度の統計によると、男女合わせた平均寿命は、日本は84歳で世界一なんだって。男女別だと、女性は1位だけど、男性は3位ですって。

M：そうかあ。やっぱり女性は強いんだなあ。

F：強いかどうかって、関係あるのかしら。1)……ねえ、世界全体の平均寿命は、男女合わせて71歳なんだって。男性だけだと、68歳よ。

M：なるほど。68っていうと、日本的感覚だとまだまだ若い年齢だね。男の寿命は、どんな生物でも短いもんだよ。

F：女は子供を産むから、生命力、強いのよ。2)……あら、この男性の寿命、1990年の調査と比べると、6歳伸びてるんですって。

M：3)え、そうなんだ。すると1990年の男性は、世界全体だと60歳ちょっとっていうのが普通だったんだねえ。

F：そうよね。……あ、今年の統計で、平均寿命が一番短い国は46歳だって。これは男女合わせてだけど。

M：日本の半分に近いのか……。環境を考えると、そういう国もあるだろうと思うね。すると、そうい

中譯

男人和女人在講話。1990年全球男性平均壽命是幾歲？

F：網路新聞講到世界上長壽的人，很多人在討論呢。

M：喔。因為日本是全球居冠的長壽國家嘛。話說，日本是男女並列第一嗎？

F：嗯……，就2015年的統計來看，全國平均壽命，日本84歲居世界第一。男女分開來算的話，女性是第一，不過男性是第三。

M：這樣啊。果然女性就是比較強啊。

F：強不強的有關係嗎？1)……欸，說全世界的平均壽命是71歲。不過如果只看男性的話，是68歲。

M：是這樣啊。68，在日本感覺還算年輕欸。男性的壽命，不管哪種生物都比較短呢。

F：女性因為要生小孩，所以生命力比較強嘛。2)……唷，這個男性的壽命，比1990年的調查多了6歲呢。

M：3)哦，是這樣啊。這麼說1990年的男性，就全世界來看60歲出頭是很平常的囉。

F：就是啊。……啊，今年的統計說平均壽命最短的國家是46歲。這是男女合計的數值。

M：差不多是日本的一半欸……。考慮到環境的因素，可能也有這樣的國家吧。這麼說的話，這個國家在1990年時會不會是40歲左右啊？

1990年全球男性平均壽命是幾歲？

う国は、1990年には40歳程度だったのかなあ。

1990年の全世界の男性の平均寿命は、何歳ですか。

解答：③

重點解說

1) 提到全球男性平均壽命是68歲。2) 說男性平均壽命68歲這個數值，比1990年多了6歲，所以1990年的男性平均壽命是62歲。3) 再確認1990年時全球男性壽命一般是60歲初頭。

問題1-21番〔MP3 1-21〕

男の社員と女の秘書が話しています。12時に電話がかかって来たらどうしますか。

M：失礼します。……あ、すみません、部長いらっしゃいませんか。

F：あ、申し訳ありませんが、今外出中なんです。お急ぎですか。

M：ええ、ちょっと相談したいことがあって。何時ごろ戻っていらっしゃいますか。

F：ええと、今日は……。ああ、お得意先の横浜工業に行っています。1) 先方での打ち合わせが終わったら電話が来ることになっています。予定は12時ごろですが、ちょっと、どうなるかわかりませんね。

M：そうですか。えーと、私も12時まで席にいますが、その後外出しなければならないんです。2) もし12時までに電話が入ったら、すみませんが私に電話回してもらってもいいでしょうか。内線554です。

F：わかりました。12時までですね。

M：えーと、そうですね。ぎりぎり12時10分まで待ちますのでお願いします。で、申し訳ないんですけど、それまでに電話が来なかったら、私が至急話したいと言っていたと部長にお伝えいただけませんか。

F：わかりました。えーと、お名前は……。

M：営業部の山川です。私からお電話するとお伝えください。

中譯

男職員和女祕書在講話。12點如果有打電話來要怎麼做？

M：打擾了。……啊，不好意思，部長不在嗎？

F：啊，對不起，部長外出了。您有急事嗎？

M：嗯，有點事想跟部長商量。請問部長什麼時候回來？

F：嗯……，今天嘛……。喔，部長在我們客戶橫濱工業那裡。1) 在那邊談完事之後會打電話回來。預定是12點左右，不過也不知道到時候會怎樣就是了。

M：這樣啊。嗯……，我12點以前會在辦公室，之後就得外出了。2) 如果部長12點以前有打來的話，不好意思，可以請妳把電話轉給我嗎？我的分機是554。

F：好的。12點以前喔。

M：嗯……，這樣吧。我等到最後一刻12點10分再出門，麻煩妳了。還有，不好意思，如果到時電話還沒打進來的話，麻煩妳跟部長說我有說過我急著找他。

F：好的。嗯……，請問您是……。

M：我是銷售部的山川。請妳跟部長說我會再打電話。

F：山川先生嗎。好的。

12點如果有打電話來要怎麼做？

Ｆ：山川さんですね。承知しました。

12時に電話がかかって来たらどうしますか。

重點解說
1)她說部長預定12點會打電話來，但時間不能確定。2)他表示如果部長12點有打來，請她把電話轉接給他，並報上分機號碼。

解答：④

問題1-22番（MP3 1-22）

男の人と女の人が話しています。男の人はこれから何をしますか。

M：ゴホン、ゴホン。ちょっと風邪をひいたみたいだなあ……。

F：あー、課長、仕事疲れですか。ここのところプロジェクトが山場で大変でしたからねえ。ちゃんと寝られなかったんでしょう？

M：そうだねえ。風邪の予防には、十分な睡眠が一番だって言うからね。1)まあ、例のプロジェクトも一段落したから、これから定時に帰って、睡眠時間をきちんととるようにするよ。

F：それがいいですね。寒くないように、暖かくして。お酒の方もほどほどに。

M：うん。わかってるよ。ありがとう。

F：それから……、あの、外にいる時マスクをするのはどうですか。特に電車の中は風邪のウィルスが蔓延してるっていいますから。マスクすれば安心だと思いますけど。

M：2)いや、マスクはちょっと。3)それより、よく手を洗うとか、うがいするとか、毎日気を付けて実行しているから、いいよ。

F：やっぱり。課長は、アメリカから帰国されてからマスクを嫌がってますもんねえ。マスク、風邪の予防に絶対効果があると思うんだけど……。まあ、しょうがないですね。じゃあ後は、食べる物ですか。

M：4)そうだね。それは、今までも十分気を付けてる

中譯

男人和女人在講話。他接下來要做什麼？

M：咳、咳。我好像有點感冒的樣子……。

F：喔，課長，您工作太累了嗎？這陣子我們的企劃在緊要關頭，您真是辛苦了。是不是睡眠不足啊？

M：是啊。人家都說預防感冒，最好的辦法就是充足的睡眠。1)還好，那個企劃也告一段落了，接下來我要準時下班，確保足夠的睡眠時間。

F：對啊對啊。要注意保暖，別著涼了。還有酒也要適可而止。

M：嗯。我知道。謝謝妳喔。

F：還有……，那個，您要不要考慮在外面的時候戴上口罩？人家說電車裡特別多病毒，到處都是呢。我覺得戴口罩比較放心欸。

M：2)不是，口罩就不必了吧。3)更重要的是勤洗手、漱口，這些我每天都有確實做到，這樣就夠了。

F：我就知道。您從美國回來之後，就變得很討厭戴口罩了。我是覺得口罩對預防感冒是絕對有效的……。唉，也沒辦法。那，還有就是，吃的東西吧。

M：4)對啊。這部分我從以前就有在注意了。尤其是維他命C都有補好補滿。也有在攝取蛋白質。

F：這樣啊。那很好啊。

他接下來要做什麼？

よ。特にビタミンCは欠かしてないから。タンパク質も摂ってるし。

F：そうですか。いいですねえ。

男の人はこれから何をしますか。

解答：①

重點解說

1)說接下來要確保睡眠時間，2)拒絕出外戴口罩，3)洗手漱口是每天都有在做的，4)飲食方面也是從以前就有在注意的。

■問題1

1番：③			2番：②			3番：②			4番：③
5番：③			6番：①			7番：②			8番：③
9番：①			10番：①			11番：②			12番：③
13番：④			14番：④			15番：④			16番：④
17番：③			18番：④			19番：③			20番：③
21番：④			22番：①

模擬試題 - 問題2

問題 2-《重點理解》

目的：測驗聽一段談話後，是否能理解內容。

（測驗是否能根據問題一開始所說的提問，聽取重點。）

問題2

問題2では、まず質問を聞いてください。そのあと、問題用紙のせんたくしを読んでください。読む時間があります。それから話を聞いて、問題用紙の1から4の中から、最もよいものを一つ選んでください。

問題2-1番

1　もともと締め切りの日程が厳しいから。
2　結婚式の伝統をレポートに書きたいから。
3　結婚式で忙しくて書く時間がなかったから。
4　結婚式に出るために田舎に帰ったから。

問題2-2番

1　家賃を払わなくてもいいから
2　家事や子育てを手伝ってもらえるから
3　親の面倒が見やすいから
4　家族とのつながりを大事にしているから

問題2-3番

1 男の人の会社とJX社が合併すること。
2 うわさだけで社員がうろたえること。
3 一般社員には最後まで知らされないこと。
4 会社の体制が新しくなったこと

問題2-4番

1 景色が素晴らしいこと
2 頂上に神社が建てられていること
3 山の上に城を建てたこと
4 無理をして頂上まで登ったこと

問題2-5番

1 母親の様子を知らせること
2 母親と遊びに行くこと
3 母親の面倒を見ること
4 母親に毎日電話をすること

問題2-6番

解答欄　① ② ③ ④

1　もっと説得力のある書き方をするように言った
2　結論に導くための事実を追加するように言った。
3　アンケートより聞き取り調査をするように言った。
4　フィールドワークの内容を訂正するように言った。

問題2-7番

解答欄　① ② ③ ④

1　さまざまなタイプの形式の面接を実施している。
2　リーダーの資質とは何かについて聞くようにしている。
3　応募者の本当の考え方を出させるようにしている。
4　情報を流して、きちんと準備させるようにしている。

問題2-8番

解答欄　① ② ③ ④

1　小さいテーマも初めから全員で決めるようにしたい。
2　会議で話すテーマが多すぎるから絞ったほうがいい。
3　グループ内で話すより、全体で情報を共有したい。
4　各自が意見を持って会議に出るようにしたい。

問題2-9番

解答欄 ① ② ③ ④

1　起業家になって自分で事業を始めること
2　問題があっても、怒らないで冷静でいること
3　お客さんを増やし、売上げを上げること
4　仕事上の人間関係をうまく作ること

問題2-10番

解答欄 ① ② ③ ④

1　先生が、いつも生徒にからかわれているから
2　先生が、転校生に授業の後も勉強を教えたから
3　先生が、みんな仲良くするように注意したから
4　先生が、わざとみんなの前で転校生に厳しくしたから

問題2-11番

解答欄 ① ② ③ ④

1　講師の会場到着が遅いから
2　講師と打ち合わせが必要だから
3　会場が空くのが遅いから
4　準備に30分以上かかるから

問題2-12番　　解答欄　① ② ③ ④

1　本に書いてあることをきちんと理解して話す。
2　本に頼らないで自分の考えていることを伝える。
3　企業に入ったらしっかり勉強するという考えを述べる。
4　自分の力で企業を大きくするという意志を明言する。

問題2-13番　　解答欄　① ② ③ ④

1　商品に欠陥があるわけではないから
2　返品できる期間が過ぎているから
3　セール品は返品できないから
4　イメージが違うのは想定内だから

問題2-14番　　解答欄　① ② ③ ④

1　一人暮らしのお年寄りが経営するシェアハウス
2　一人暮らしのお年寄りの家の空いている部屋
3　お年寄りが住んでいたが今は空き家になっている家
4　自治体のバックアップで安い家賃で提供している家

問題2-15番

解答欄 ① ② ③ ④

1 独自のブランドを作って良さをアピールしているから
2 おいしいお菓子やパンを売っているから
3 周りに商店のない住宅地に店を出したから
4 お金をおろしたり振り込みをしたりできるから

問題2-16番

解答欄 ① ② ③ ④

1 団体のパック旅行が嫌いだから
2 予測できない経験をしたいから
3 団体旅行では自由に行動できないから
4 レストランで高級料理が食べたいから

問題2-17番

解答欄 ① ② ③ ④

1 日本人が日本の良さを認めようとしないから
2 外国人が日本の文化を理解しようとしないから
3 今の風潮は、一面だけ見て自分をほめているから
4 今の風潮は、社会科学的、人間科学的だから

問題2-18番　　解答欄　① ② ③ ④

1　生徒に好きなことをさせたいから
2　大学を受験する時に重要になるから
3　勉強しかしない状態は良くないから
4　文科省から高校に通達があったから

問題2-19番　　解答欄　① ② ③ ④

1　休むことができるから。
2　料理の値段が安いから。
3　近くに適当な店がないから。
4　車で行けるから。

《重點理解》內文與解答
〔問題2〕

《M:男性、F:女性》

問題 2

問題2-1番〔MP3 2-01〕

大学で女の先生と男の学生が話しています。男の学生はどうしてレポートの提出が遅れると言っていますか。

M：あの、先生、今週中に提出の社会学のレポートのことなんですが。

F：ええ。何でしょう。

M：本当に申し訳ないんですが、提出の締め切りを延ばしていただけないでしょうか。

F：それは……。原則としては無理ですよ。理由は何ですか。

M：実は、先日姉の結婚式があって田舎の実家に帰ったんですが。

F：ああ、そうなんですか。

M：田舎の結婚式なんで、いろいろと用事が多くて、古い伝統が守られていて……。

F：1)ああ、それで忙しかった、というわけ？

M：2)いや、その内容が社会学のレポートにぴったりだと思って。ぜひそれを書きたいんです。それにはもう少し時間が……。

F：うーん。どうしようかな。3)もともと締め切りの日程が厳しいとは思ってたけどね。

M：なんとかお願いします。

男の学生はどうしてレポートの提出が遅れると言っていますか。

解答：②

中譯

在大學裡，女老師和男學生在講話。他說他為什麼要遲交報告？

M：那個，老師，關於這星期之內要交的社會學報告……。

F：嗯。有問題嗎？

M：真的很抱歉，可是可不可以請您把繳交的期限往後延？

F：這個啊……。原則上是沒辦法的。要遲交的原因是什麼？

M：是這樣的，前幾天我姊辦婚禮，所以我回去鄉下的老家。

F：喔，是這樣啊。

M：因為是鄉下的婚禮，所以事情比較多，要依循古早的傳統……。

F：1)喔，你是說因為這樣所以沒時間？

M：2)不是，我是在想這些禮俗很適合拿來做社會學的報告。我真的很想寫這些東西。可是要寫這些就需要多一點時間……。

F：嗯……。怎麼辦呢？3)我原先覺得交報告的期限本來是很緊湊的。

M：拜託老師了。

他說他為什麼要遲交報告？

1 因為交報告的期限本來就很緊湊。
2 因為他想把婚禮的傳統習俗寫進報告裡。
3 因為婚禮的事忙得沒時間寫。
4 因為他為了參加婚禮而返鄉。

重點解説

1)回老家和忙婚禮的事所以沒時間寫是她的猜測，2)他否認並道出原因。3)截止期限很緊湊是她原本的想法，暗示想法改變了。

問題2-2番〔MP3 2-02〕

女の人と男の人が雑誌を見ながら話しています。男の人は、結婚しても親と同居することに抵抗のない人が増えた一番の理由は何だと言っていますか。

F：2.5世帯住宅！何、これ！二世帯住宅なら分かるけど。

M：え、あ、これ、結婚しても実家で親兄弟と一緒に住む人のための住宅だよ。両親と自分たちだけだったら二世帯住宅でいいけど、まだ結婚していない兄弟も一緒に住める家のことなんだって。

F：へええ。こんなのが増えているのね。

M：最近の若者は親と同居することに抵抗がないみたいだからね。

F：それって、家賃を払わなくてもいいから？

M：1)もちろんそれもあるし、家事や子育てを手伝ってもらえるっていうのもあるし、それに親の面倒を見やすいっていうのもあるよ。2)でも、結局家族とのつながりを大事にするっていうのが大きいらしい。特にあの大地震以降はね。

F：そうなんだ。なるほどね。みんなで一緒に住めばお互いに助け合えるし、いろいろなメリットがあるってことね。

M：ま、そういうことだね。

男の人は、親と同居することに抵抗のない人が増えた一番の理由は何だと言っていますか。

解答：④

中譯

女人和男人看著雜誌在聊天。他說不排斥婚後和父母同住的人變多，最主要的原因是什麼？

F：2.5戶住宅！這什麼東西啊！我只知道有雙戶住宅。

M：蛤？喔，這個啊，這是為了結婚之後繼續跟父母兄弟姊妹一起住老家的人所設計的房子啦。如果只有父母和自己的新家庭的話是叫雙戶住宅，這個2.5戶住宅是指還沒結婚的兄弟姊妹也可以一起住的房子。

F：喔。這樣的人越來越多了欸。

M：因為最近的年輕人好像比較不排斥和父母同住的關係吧。

F：這情況，是因為不必付房租嗎？

M：1)當然這也有關係，還有家事和育兒有人可以幫忙，而且也方便照顧父母。2)不過，說到底，重視和家人的情感維繫這部分還是比較大吧。特別是在那場大地震之後。

F：是這樣啊。原來如此。所以是說大家住在一起可以互相幫忙，而且有很多好處啊。

M：差不多就是這樣吧。

他說不排斥婚後和父母同住的人變多，最主要的原因是什麼？

1 因為不必付房租
2 因為家事和育兒有人可以幫忙
3 因為方便照顧父母
4 因為重視與家人的情感維繫

重點解說

1)同意原因包括不必付房租，再列舉其他原因如家事育兒有人幫忙，方便照顧父母，2)指出最大的原因是注重家人的情感維繫。

問題2-3番〔MP3 2-03〕

会社で男の人と女の人が話しています。男の人は、何がよくないと言っていますか。

F：ねえ、うちの会社、ＪＸ社と合併するってみんな言ってるんだけど、聞いた？

M：うーん、聞いたけどさあ。あのさあ、"みんな"って、ほんとに"みんな"？ 近くにいる数人じゃないか？

F：えっ……。まあそうだけど。でもありそうなことだって、みんな……あ、１人だけ、言ってた。

M：1) ＪＸ社は最近いろんな会社を買収してるし、うちに目をつけても不思議はないさ。2) だけどわれわれ社員が単なるうわさでうろたえるのはやめようよ。

F：そうよね。でも本当に合併になったらどうなるのかしら。

M：3) 買収とか合併っていうのは、一般社員には最後まで知らされないものだよ。だから本当のことが告知されるまで、いろんなことが言われるんだよね。4) でももしそうなったら新しい体制をよく見極めて、自分なりの仕事をしていくしかないんじゃないか。

F：さすが冷静ねー。よくわかったわ。今の段階で、想像だけでがたがた言ってもしょうがないってことね。

M：そういうこと。

男の人は、何がよくないと言っていますか。

解答：②

中譯

男人和女人在公司裡講話。他說什麼很不好？

F：欸，大家都在說我們公司要跟JX公司合併欸，你有聽說嗎？

M：嗯……，有是有啦。我說啊，妳說的「大家」，眞的是「大家」嗎？該不會是身邊的幾個人吧？

F：蛤……。喔，也是啦。不過聽說還滿有可能的呢，大家……啊，就有一個人是這麼說的。

M：1) JX公司最近收購很多公司，會看上我們公司倒也不足爲奇。2) 但是我們這些員工單單聽到風聲就驚慌失措，千萬母湯喔。

F：說得是。可是要是眞的合併了，不知道會變成怎樣呢。

M：3) 收購或合併這種事，基層員工是到最後一刻都不會被知會的。所以在被告知眞相之前，總是會衆說紛紜。4) 不過如果變成那樣，我們也只能好好認清新的體制，做自己分內的工作，不是嗎？

F：果然是沉著冷靜啊。我懂了。意思是說現階段，光靠胡思亂想，說一些五四三的也無濟於事是吧。

M：就是這個意思。

他說什麼很不好？
1 他們公司要和JX公司合併
2 光聽到風聲員工就驚慌失措
3 一般員工到最後一刻都不會被知會
4 公司的體制已更新

重點解說

1)提到收購合併不無可能。2)勸她別因爲一點風聲就自亂陣腳，代表他認爲這樣很不好。3)提到公司收購合併這種事在進行階段不告知基層員工是很正常的。4)提到的新體制只是一個假設情況。

問題2-4番〔MP3 2-04〕

男の人と女の人が話しています。女の人は何がすごいと言っていますか。

M：さあ、着いたよ。頂上だ。
F：1)うわ～きれい！2)無理して登ってきた甲斐があったわ。
M：そうだろう。途中で引き返してたら、こんな景色は見られなかったからね。
F：そうね。あ、あんな所に鳥居がある。あ、神社があるのね。
M：あ、あれ、とっても古い神社らしいよ。
F：3)こんな高い所に神社を建てるなんて、すごいわね。どうやって材料を運んだのかしら。
M：4)昔は城だって山の上に建てただろ。本当にどうやって建てたのかなあ。
F：不思議ねえ。でも、昔の人の技術のほうが今の人より上ってこともあるって、読んだことがあるわ。
M：確かにそう考えないと理解できないことって多いよね。

女の人は何がすごいと言っていますか。

解答：②

中譯

男人和女人在講話。她說什麼很厲害？

M：好，我們到了。這裡就是山頂。
F：1)哇～好漂亮哦。2)拼死拼活爬上來是值得的。
F：我就說嘛。要是半途折回去，這樣的風景就看不到了。
F：是啊。啊，那邊有鳥居欸。啊，因為有神社吧。
M：啊，那個，好像是一間非常古老的神社哦。
F：3)把神社蓋在這麼高的地方，太厲害了。當年是怎麼把建材運上來的啊？
M：4)古時候城堡不也都蓋在山上嗎？到底是怎麼建造的啊。
F：太神奇了。不過，我有看過一篇文章說古人的技術有些還在現代人之上呢。
M：的確很多情況不這麼想實在難以理解。

她說什麼很厲害？
1 風景美不勝收
2 山頂蓋了一座神社
3 城堡蓋在山上
4 拼了命爬到山頂

重點解說

1)感嘆風景美麗，但沒有說「すごい」。2)表示能看到美景，不枉自己辛苦地爬山。3)認為把神社蓋在這麼高的山頂，這種情況超乎尋常令人驚嘆。4)舉古代城堡為例，指出蓋在山上的不只有神社。

問題2-5番〔MP3 2-05〕

いとこ同士の男の人と女の人が話しています。男の人は女の人に何を頼みましたか。

M：やあ、久しぶり。わざわざ来てもらって、ごめん。
F：ううん。どうせそんなに忙しいわけじゃないから。で、用事って何？
M：実は、君に頼みがあって。俺、今度、アメリカに転勤になったんだ。
F：あら、よかったじゃない。前から行きたいって言ってたんだから。
M：うん、それはいいんだけど、実はお袋のことが心配で。
F：え、おばさん、どこか悪いの？ 私、お世話したほうがいい？
M：1)いや、特にそういうわけじゃないけど、何しろもう年だし、いやに寂しがるんだよね。一人になっちゃうから……。
F：そうか。2)じゃ、時々遊びに行っておばさんの話し相手になればいいのね。
M：悪いね。3)それで時々様子を知らせてくれるとありがたいんだけど。4)電話は毎日でもするつもりだけど、電話じゃ分からないこともあるしね。もし、何かあったら、すぐ帰ってくるから。
F：わかった。おばさんには小さいころからあんなにかわいがってもらってたんだから、この辺で恩返しするわ。
M：ありがとう。これで安心してアメリカに行けるよ。

男の人は女の人に何を頼みましたか。

中譯

堂表親的男人和女人在講話。他拜託她做什麼事？

M：嘿，好久不見。不好意思，讓妳特地跑一趟。
F：不會啦。反正我也不是太忙。話說，你要說的是什麼事？
M：其實是有事要拜託妳。我這次要調到美國去工作。
F：哦，那不是很好嗎？你以前一直說很想去。
M：嗯，這部分是OK，就是比較擔心我媽媽。
F：蛤？姑姑（阿姨/伯母/嬸嬸/舅媽）是有哪裡不舒服嗎？要我來照顧嗎？
M：1)不是啦，並不是有什麼狀況，就是上了年紀，而且很容易覺得孤單寂寞。以後她就變成一個人了……。
F：這樣啊。2)那，我偶爾去看看姑姑，陪她聊聊天就可以了吧。
M：真不好意思欸。3)然後可以的話，再偶爾跟我說說她的情況好嗎？謝謝妳啦。4)電話我是打算天天打的，只是有些事電話裡聽不出來。要是出了什麼事，我就馬上回來。
F：好喔。姑姑從小那麼疼我，我就這樣報答她吧。
M：謝謝妳喔。這樣我就能放心去美國了。

他拜託她做什麼事？

1　讓他知道他媽媽的情況
2　跟他媽媽出去玩
3　照顧他媽媽
4　每天打電話給他媽媽

重點解說

她詢問是否需要她去照顧，1)表示不需照顧，只需陪伴。2)確認所託之事是要她去探視。3)加碼要她通知他探視的情形。4)要天天打電話給他媽媽的是他自己。

解答：①

問題2-6番〔MP3 2-06〕

女の学生と男の教授が話しています。教授はどんなことを言いましたか。

F：先生、私の論文はいかがでしょうか。どこか直したほうがいいですか。

M：そうだねえ……。悪くはないんだけど……。ちょっと結論が弱いと思うなあ。

F：そうですか。ではどのように書き直すか、助言いただけますか。

M：1) 書き方というより、根拠の問題だと思うんだよね。

F：ああ……根拠ですか。

M：そう。2) ここに書かれている一事実だけで結論を導くと、どうしても説得力に欠けてしまうねえ。

F：そうですねえ。ではもう少し根拠となる事実の積み重ねが必要なんですね。……どうしたらいかなあ。

M：まだ提出期限には時間があるだろう。3) ここにあるのと同様のフィールドワークを別の場所でしてみたらどう？

F：えっ……。もう一度ですか！う～ん、相当きついなあ。

M：次善の手段としては、いくつかの団体にアンケートするか、聞き取り調査をしてみるか。過去の文献を当たってみるという手もあるけどね。こいつが一番手っ取り早いかもしれないが。

F：4) ああ、聞き取り調査なら実際に人に会っているわけだから、アンケートよりいいかもしれませんね。

中譯

女學生和男教授在講話。教授說了什麼事？

F：老師，我的論文怎麼樣？有哪裡需要修改的嗎？

M：這個嘛……。是還不錯啦……。就是感覺結論有點不夠有力。

F：這樣啊。那我要怎麼寫？老師可以給我建議嗎？

M：1) 倒不是怎麼寫的問題，而是根據的問題。

F：喔……根據啊？

M：對。2) 光憑這裡所寫的一項事實就導出結論，怎麼看都覺得缺乏說服力。

F：這樣啊。所以我需要累積多一點事實作為根據了。……怎麼辦呢？

M：距離繳交期限還有一段時間嘛。3) 妳要不要試著把跟這裡一樣的田野調查拿到別的地方做做看？

F：蛤……。再做一次！喔～，那會累死人欸。

M：退而求其次的辦法，就是找幾個團體做問卷調查，或者是去訪問調查。去查查看以前的文獻也是一個辦法。這個可能是最省事的。

F：4) 喔，訪問調查是真正和人面對面，可能比做問卷來得好。

M：5) 是啊。不過，跟這論文裡說的活動比起來還是差多了。

F：嗯……。您說得是。……把論文做到最好還是比較重要。好吧，我決定了。累死也要做。

M：嗯，很好。

M：⁵⁾そうだな。けど、この論文にあるような活動に比べるとどうしても弱いぞ。

F：うーん。そうですよねえ。……やっぱり、論文を一番いいものにすることが大事ですよね。わかりました、決めました。大変でもやります。

M：よし、いいぞ。

教授はどんなことを言いましたか。

教授說了什麼事？
1　要她採用更有說服力的寫法
2　要她追加導出結論的事實
3　要她做訪問調查而非問卷
4　要她訂正田野調查的內容

重點解說
1)指出問題在於根據而非寫法。2)指出導出結論的事實只有一項，缺乏說服力。3)建議追加田野調查以增加實例。4)訪問調查比問卷好，是學生的想法。5)再強調訪問調查不如田野調查。

解答：②

問題2-7番〔MP3 2-07〕

男の人と女の人が話しています。企業は、面接に当たってどんな工夫をしていると言っていますか。

F：就職決まったんだって？ おめでとう。

M：ありがとう。[1) いやあ、最終面接では想定外のこと聞かれて、どうなるかと思ったよ。

F：どんなこと聞かれたの？ 私も近々あるから、いろいろ教えてよ。1対複数のタイプだった？

M：そう、最終面接は応募者1人に社長と役員2人。[2) 十分準備して、シミュレーションして行ったけど、予定した内容よりそうじゃないことのほうを長く話したし、重要だと思われているみたいだったな。

F：へえ。予定した内容って、自己PRとか、志望動機とか？

M：そう。それはそれで話すんだけど、いちおう聞きますって態度だったよ。今、みんな準備してきて似たようなことを言うからね。

F：そうよねえ。本気で言ってないことがすぐばれるのよね。で、想定してなかったことって？

M：えーと、僕の場合は、リーダーというのはどんな資質が求められるかってことと、日本を外国人に紹介するとしたら、どんなことを言うかって聞かれた。

F：ひえー、そうなんだ。

M：3) ほかの人は全然別のこと聞かれたみたいだから、まったく準備できないようにしてるんだよ。要するに、普段からどんなことを考えているかってことなんだ。

中譯

男人和女人在講話。他們說企業在面試時有怎樣的設計安排？

F：聽說你找到工作了？恭喜啊。

M：謝謝。1) 唉～，最後一次面試時，被問到我沒預料到的問題，還想說不知道會不會上呢。

F：他們問什麼啊？我最近也有面試，分享一下唄。是一對多的形式嗎？

M：對，最後一次面試是一個應徵者對社長和董事兩人。2) 我做了很多準備，還做了模擬面試才去的，結果預定的內容講的時間還不如其他的話題，他們可能是覺得那些比較重要吧。

F：哦？預定的內容，是像自我介紹、應徵動機之類的嗎？

M：對。那些講是會講，可是他們就一副姑妄聽之的態度。因為現在大家都有備而來，說的都大同小異吧。

F：對啊。說的話沒有當真，馬上就會被看穿。是說，你沒預料到的問題是什麼？

M：嗯……，我那時候被問到的是，領導人應該具備怎樣的資質，還有如果你要對外國人介紹日本，你會怎麼說。

F：蛤～，問這個喔。

M：3) 其他人被問到的好像是完全不同的問題，所以他們的設計就是要讓人根本無從準備。總而言之，就是要看你平常都在想什麼。

F：4) 對啊。徵才的一方也是煞費周章呢。然後，這些問題傳出去之後，

F：4)そうだよね。採用する方も工夫してるのよね。そして、こうして情報が流れることによって、応募する方はまた想定問答するようになる。
M：そう。で、企業の方はまた新たな問いを考える。
F：エンドレスね。

企業は、面接に当たってどんな工夫をしていると言っていますか。

應徵的人又會開始猜題做準備了。
M：對。然後，公司這邊又會再想一些新的問題。
F：沒完沒了欸。

他們說企業在面試時有怎樣的設計安排？
1 舉辦多種形式的面試
2 會問什麼是領導人的資質
3 會讓應徵者說出真正的想法
4 會將題目外傳，讓應徵者做好準備

重點解說
1)提到最終面試被問到自己沒準備的問題。2)說非預定的問題花費較多時間，較受重視。3)說到每個人被問到的問題都不一樣，總結說目的就是要出其不意，問出真正的想法。4)感嘆徵才方的這種精心設計。

解答：③

問題2-8番〔MP3 2-08〕

会社で、女の人と男の人が話しています。女の人は、どのように会議を変えたいと言っていますか。

F：私たちのプロジェクト会議のことなんだけど、ちょっと相談したいの。

M：うん。どういうこと？

F：今、週に1回、会議をしているでしょう。それ、どんなものかしらね。

M：ああ、回数が多すぎるって言いたいの？

F：多いことは多いけど、必要ならいいのよ。でも、内容的にどうなのかしら。

M：うーん、みんな熱心に討議していると思うけど。熱心すぎて夜になったりしているよね。

F：そうなのよね。まあ、時間をかけて話すのはかまわないんだけど。1)でも今は、すべてのことを最初から全員で決めてるでしょう。

M：そうだね。ともかく情報を全員で共有したいからね。君の意見は、会議にかけるテーマを選んだほうがいいってこと？

F：2)話すテーマは、逆にもっと多くしたいくらいよ。だから、もう少し効率的にならないかなあ。3)会議では決定することを重視して、相談はある程度事前にしておくとか。

M：4)ああ、会議の段階で参加者がすでに意見を持っているような？

F：そうそう。5)例えば、テーマをグループに振り分けて、そのグループ内である程度検討してから、全体会議にかけるっていうのはどうかしら。

中譯

公司裡，女人和男人在講話。她說想對會議做怎樣的改變？

F：關於我們的專案會議，我想跟你商量一下。

M：好喔。商量什麼？

F：現在，我們是一星期開一次會嘛。這是怎樣呢？

M：喔，妳是想說次數太多了嗎？

F：說多是滿多的，不過有需要的話還是要開啊。就是內容方面你覺得呢？

M：嗯……，我覺得大家都討論得很熱烈。熱烈到有時候還討論到晚上。

F：就是啊。花時間來談我是不介意啦。1)不過現在，所有的事都是一開始就由全體人員一起決定的對不對？

M：是啊。因為希望大家資訊可以共享嘛。你的意思是，開會的議題最好篩選過嗎？

F：2)討論的議題，我反而覺得應該多多益善。所以，我在想能不能設法提高效率。3)比方說開會時重點放在做決定，討論的部分有一定程度在開會前完成。

M：4)喔，妳是說像在開會時，與會者已經胸有定見這樣？

F：對對。5)例如說，把議題分配給小組，小組裡面進行一定程度的研究分析之後，再提到全員的會議上，你覺得呢？

M：6)然後，比方小組把研究分析的結果，最遲在開會前一天用e-mail寄給全體人員。

F：對啊對啊。

M：⁶⁾それで、グループは検討した結果を、会議の前日までにメールで全員に知らせるとか。

F：いいんじゃない？

女の人は、どのように会議を変えたいと言っていますか。

她說想對會議做怎樣的改變？	
1	希望小的議題也一開始就由全體人員一起決定
2	會議上討論的議題太多了，最好要經過篩選
3	希望不要在小組裡談，應該要全體共享資訊
4	希望大家開會前心裡有底

重點解說

1)大小議題都一開始就由全體人員一起決定是現狀。2)她反對篩選議題。3)她建議先討論過再開會決定。4)他詢問她所指的是否為開會前大家已各有定見。她給了肯定的答案。5)和6)是落實這種改變的辦法。

解答：④

問題2-9番〔MP3 2-09〕

男の人と女の人が話しています。男の人は何が苦手だと言っていますか。

M：昨日、起業家セミナーに行ってきたんだ。個人で事業を興すためには何が必要かっていう話を聞きに。

F：へえ。何が必要だって？

M：4つ挙げていたよ。情熱、決定力、柔軟性、ここまではわかるよねえ。4つ目は、ユーモアだって！

F：へえ〜、ユーモア。それはちょっと意表をつくわね。その説明は？

M：うん。つまり事業をする場合、人間関係で必ずストレスがある。その時、イライラしたり怒ったりするようだと、問題は大きくなるだけ。常にユーモア精神を忘れないようにすれば、問題が解決不可能なレベルにまでなってしまうことはない、っていうことだったよ。

F：なるほどね。同業の人と情報交換するとか、従業員を雇うとか、お客さんとの関係を作るとか……。

M：1)そう、つまり事業をするってことは、人とうまく付き合うってことなんだ。2)売上げを高くして利益を上げるってことは、顧客とうまくいくってことだよね。3)ああ、僕には荷が重いよ。苦手なんだよ、そういうの。4)怒らないことには自信があるんだけど、人との付き合いって、ちょっとねえ。

中譯

男人和女人在講話。他說他很不擅長什麼？

M：昨天，我去參加了一場創業家研討會。去聽人家說個人創業需要什麼。

F：哦。說需要什麼呢？

M：有列出四種。熱情、決策力、應變能力，到這裡都可以理解嘛。第四種，說是需要幽默感！

F：哦，幽默感。這個就有點出人意表了。是怎麼說的？

M：嗯。總而言之，就是說要經營事業，人際關係方面一定會有壓力。這時候，焦躁生氣只會讓問題愈演愈烈。只要常保幽默感，問題就不會演變到不可收拾的地步。

F：原來如此。像是跟同行的人資訊交流、聘雇員工、建立和顧客的關係……。

M：1)對，總之要經營事業，就是要八面玲瓏。2)要提升銷售額增加利潤，就是要和顧客打好關係。3)唉，這對我來說負擔太大了。這種事我是真的不在行啊。4)不生氣我倒是自認做得到，但是跟人來往互動就……。

F：是啊，你一向都很冷靜，很少看到你發火。

他說他很不擅長什麼？

1 當一個創業家開創自己的事業
2 遇到問題時保持冷靜不動怒
3 增加顧客，提高銷售額
4 經營好職場的人際關係

Ｆ：まああなたはいつも冷静で、怒ったのはあまり見たことがないわね。

男の人は何が苦手だと言っていますか。

重點解說

前面提到要靠幽默感維持良好的人際關係，1)和2)再強調要做生意要賺錢，就是要廣結善緣。3)直說自己這方面不行。4)再提到「人との付き合いって、ちょっとねえ」，後面省略了「不拿手」（苦手）之類的詞。

解答：④

問題2-10番〔MP3 2-10〕

男の人と女の人が印象的な先生について話しています。二人は、どうしてすごい先生だと言っていますか。

M：僕の中学校に、印象的な先生がいたんだよ。すごく厳しくてね。でも、怖くはなくて、からかわれてたんだ。顔が馬みたいだったんで、"馬！馬！"ってね。

F：ふうん。で、その先生がどうしたの？

M：ある時転校生が来て、先生はその子の勉強をすごく助けてたんだよ。授業の後も教えたりして。……ところが、その子をみんなが仲間外れにしてさあ。

F：あー、先生に大事されちゃってるからねー。一種のいじめよね。

M：その先生、その子が仲間外れにされていることを知って、どうしたと思う？

F：クラスのほかの子に、みんな仲良くしなさいって言ったんじゃない？

M：ところがねえ、その先生、授業中にみんなの前でその子にひどく厳しいことを言ったんだよ。何でこんな問題できないんだとか、汚い字だとか。

F：[1]ええっ！！信じられない。

M：[2]そうだろう？ クラスのほかの生徒も、先生に腹を立てると同時にその子に同情して、仲間に入れたんだよ。すごく自然にね。その子もほかの生徒と一緒になって、その先生をからかったりして、すっかりクラスに溶け込んでね。

F：[3]ふうん……。意図して、自分が悪者になったの

中譯

男人和女人在談令人印象深刻的老師。他們為什麼說老師很厲害？

M：我讀的國中，有一個讓人印象很深刻的老師。他超嚴格的。不過我們倒是不怕他，還會取笑他呢。他的臉長得很像馬，所以我們都稱他「馬！馬！」。

F：哦。然後呢，那個老師是怎樣？

M：有一次來了個轉學生，老師超級用心輔導他的功課。還用課外時間指導。……不過，我們大家都不跟他玩。

F：喔，因為受到老師的偏愛嘛。這算是霸凌吧。

M：妳猜，那個老師知道他被排擠之後，做了什麼？

F：應該是跟班上其他同學說，大家要和睦相處吧？

M：事實是，那個老師啊，在課堂上當著大家的面把轉學生批評得體無完膚呢。像是連這種問題都不會，字太潦草之類的。

F：[1]蛤！！怎麼可能。

M：[2]就是啊。班上的其他學生也覺得老師太過分，當下同情起那個轉學生，不再排擠他了。就很自然而然地。他也和其他學生一起取笑那個老師，和班上同學打成一片。

F：[3]嗯……。老師是刻意扮黑臉的啊……。[4]很少人能做得到呢。我覺得這個老師很厲害。

M：我也覺得。

ね……。⁴⁾なかなかできないことよ。すごい先生だと思うわ、私。
M：僕もそう思うよ。

二人は、どうしてすごい先生だと言っていますか。

他們為什麼說老師很厲害？
1　因為老師總是被學生取笑
2　因為老師為轉學生課後輔導
3　因為老師叫大家要和睦相處
4　因為老師故意在大家面前責備轉學生

重點解說
1)對老師當眾斥責轉學生的行為表示驚訝。2)描述此舉所產生的效果。3)瞭解到老師的用意。4)對此表示佩服。

解答：④

問題2-11番〔MP3 2-11〕

男の人と女の人が研修会について話しています。どうして開始を遅らせることにしましたか。

F：では来月の研修会の最終確認をします。開始は6時からの予定ですが、大丈夫でしょうか。

M：1)えー、講師の先生は5時半には会場に着くとおっしゃっています。それで、開始前に少し打ち合わせをします。

F：そうですね。打ち合わせは、どのくらいかかりますか。

M：2)えーと、15分以内で済ませられます。

F：わかりました。では、会場の状況説明をお願いします。

M：3)はい。実は会場が空くのが、時間ぎりぎりなんです。前のイベントが終わるのが5時半だということなので。

F：うーん、30分ですよね。それで準備ができますか。

M：4)ええ、準備は大丈夫なんですが、参加者の中にはけっこう早く来場する方もいらっしゃいますからね。待っていただかないといけないでしょう。

F：そうですよねえ。…やはり開始を30分遅らせたほうがいいのではないでしょうか。

M：ええ、私も、できたら遅いほうがいいと思います。講師の先生も大丈夫だと思いますので。

F：ではそうしましょうか。大急ぎで参加者に知らせてください。

どうして開始を遅らせることにしましたか。

中譯

男人和女人在討論研習營的事。為什麼決定延後開始的時間？

F：下個月的研習營我來做最終確認。開始的時間預定是6點，沒有問題嗎？

M：1)嗯……，擔任講師的老師說5點半會到會場。然後在開始之前我們會稍微討論一下。

F：是啊。討論大約要花多久的時間？

M：2)嗯……，可以在15分鐘內解決。

F：OK。再麻煩你說明一下會場的情況。

M：3)好的。其實會場清空給我們用的時間很趕。因為聽說前一個活動5點半才結束。

F：嗯……，30分鐘啊。這樣準備得來嗎？

M：4)嗯，準備是沒有問題的，就是參加的人當中，有些會滿早就到場。我們得請他們在外面等欸。

F：是啊。……那還是把開始的時間往後延30分鐘比較好吧？

M：嗯，我也覺得，可以的話晚一點比較好。擔任講師的老師應該也可以配合。

F：那就這麼辦吧。請你盡快通知參加的人。

為什麼決定延後開始的時間？

1　因為講師會晚一點抵達會場
2　因為需要和講師進行討論
3　因為會場可以使用的時間比較晚
4　因為準備需要花超過30分鐘

重點解說

1)講師會提前30分鐘到場。2)事前討論的時間只需15分鐘。3)可以開始使用場地的時間是5點半以後，時間很緊迫。4)準備的時間是足夠的，說時間緊迫是因為5點半以後才能開始使用場地，提早到的人會等很久。

解答：③

問題2-12番〔MP3 2-12〕

男の学生と女の学生が話しています。二人は、面接ではどうしなければならないと言っていますか。

F：ねえ、このサイトによると、採用面接で言っちゃいけないことっていうのがあるらしいんだけど…..。

M：ああ、うん、あるだろうね。そのサイトには何て書いてあるの？

F：えーとね、一つは、御社で勉強させていただきたい、もう一つは、私が御社を成長させてみせます。

M：あー、どっちも言いそう。だって、就職戦略の本なんかに両方書いてあるよ。まず、その会社の教育方針に従って一から勉強することを伝えなさい、って。

F：そう。それから、自分がその会社を成長させるぐらいの積極性を見せなさいってね。

M：そうだよ。その二つって、相反する考え方のように聞こえるけど、両方とも大事なんだよね[1] どっちも必要なんだよ。でも、本に書いてあるから言う、っていう態度のヤツが言うとそれしか考えてないように聞こえる。

F：そうよね。[2] 要するに、就職ノウハウ本を、鵜呑みにしちゃだめってことよね。自分の考えがまったくないから、薄っぺらすぎるのよね。

M：[3] 同じことを言っていても、企業の採用担当の人にはわかっちゃうんだよね。本当に考えていることかそうじゃないかってね。

中譯

男學生和女學生在講話。他們說面試時必須怎麼做？

F：欸，這個網站在說，求職面試時有些話不能說欸……。

M：喔，對啊，應該有吧。那個網站寫了些什麼？

F：嗯……，一個是，我想在貴公司努力學習，另一個是，我會讓貴公司發展得更好。

M：喔，這兩個都好像會講。求職策略的書裡面這兩種都有提到嘛。說首先要表達出自己會遵循該公司的培訓方針從頭開始學習。

F：對。還有，說要讓對方看到自己想讓公司成長壯大的企圖心。

M：是啊。這兩點聽起來像是背道而馳的想法，但其實兩種都很重要。兩種都是必要的。[1] 但是，如果抱持著照本宣科的態度來說，會讓人聽起來好像思惟很局限。

F：是啊。[2] 總而言之，就是說不可以盲目地相信求職技巧的書。因為完全沒有自己的想法，就太膚淺了。

M：[3] 就算說同樣的話，公司負責徵才的人也能一眼識破。看穿你是不是真的這麼想。

他們說面試時必須怎麼做？
1 要確實理解書上所寫的內容再說出口
2 要表達自己的想法，不要太依賴書本
3 要闡述進了公司會好好學習的想法
4 要表明想憑藉自己的力量讓公司變得更強大

二人は面接ではどうしなければならないと言っていますか。

重點解說
兩人提到書本寫的確實沒錯，但1)一味照著書上寫的說，會顯得沒什麼想法，2)用「要するに」總結那網站文章的重點，就是要有自己的見解。3)再強調如果說的不是自己的觀點，面試人員也看得出來。

解答：②

問題2-13番〔MP3 2-13〕

電話で女の人と男の人が話しています。女の人はなぜ返品できないと言っていますか。

F：はい、通信販売のスマートプラザでございます。

M：あ、あの、先日注文した品物が届いたんですけど、返品したいんです。

F：では、お客さまのお電話番号をお願いいたします。

M：03－3399－0011です。

F：はい、あ、田中一郎さまですね。どうして返品なさりたいのか、理由をお聞かせいただけますか。

M：実は、セーターを注文したんだけど、何かカタログで見たのとは色もイメージも違っていたんです。

F：それは申し訳ございません。1)あ、お客さま、この商品は2週間前にお届けしたものでしょうか。

M：ええ、そのくらいでしたね。

F：そうしますと、当方の商品に欠陥があった場合をのぞきまして、もう返品はお受けできないんです。

M：え、セール品はダメだって書いてあったけど、これはそうじゃないでしょう。

F：2)申し訳ございません。返品はお届けから1週間以内と決まっておりまして。お届けいたしました時の伝票にそのように書かれているはずでございます。

M：そんなの、いちいち見ませんよ。それにカタログと色合いや雰囲気が違うというのはそちらのミスじゃないんですか。

中譯

女人和男人在講電話。她說為什麼不能退貨？

F：Smart Plaza線上購物您好。

M：啊，那個，我前幾天訂的東西送到了，可是我想退貨。

F：請給我您的電話號碼。

M：03－3399－0011。

F：好的，啊，是田中一郎先生嗎。我可以請教一下您為什麼想退貨嗎？

M：是這樣的，我訂了毛衣，可是好像跟型錄看到的顏色和給人的印象都不同。

F：那真的很抱歉。1)啊，您的貨是不是2星期前送到的？

M：對，差不多。

F：這樣的話，除非是我們的商品有瑕疵，否則現在已經無法受理退貨了。

M：蛤？你們有寫說特價品不能退貨，可是這又不是。

F：2)很抱歉。退貨有規定要在貨到1週以內。貨到時的單據上應該有註明這一點。

M：這種誰會看得那麼仔細啊。而且跟型錄上的顏色和氛圍不一樣，這是你們的過失吧。

F：3)很抱歉。我想這是網購時可預料的事。

M：好吧。那算了。

她說為什麼不能退貨？

1　因為並非商品有瑕疵
2　因為已過了可退貨的期間
3　因為特價品不能退貨
4　因為給人的印象不同是可預料的事

F：3)申し訳ございません。そういうことは通信販売ですと想定内のことと存じます。

M：わかりました。じゃ、いいですよ。

女の人はなぜ返品できないと言っていますか。

重點解說

1)與他確認商品是在2星期前送到的。2)解釋有規定超過1星期就不退貨。3)針對實物的顏色和給人的感覺與相片不符的指控，回應說網購本來就可能發生這種事，但沒說這樣在1星期內不能退貨。

解答：②

問題2-14番〔MP3 2-14〕

女の人と男の学生が話しています。男の学生は、どんな所に住むことになりましたか。

F：来月から大学生ね。もう住む所は決まったの？

M：ええ、おかげさまで。学校の近くで探していたんですけど、いい所が見つかったんですよ。

F：そう。マンション？

M：1)いえ、実は一人暮らしのお年寄りの家なんです。2)大きい家で、部屋がいくつか空いているので、そこで学生が一緒に生活してるんです。3)まあ、シェアハウスのような感じです。

F：へえ、そんなのがあるの。いいわね。

M：ええ、いきなり一人暮らしじゃ心配だったんですけど、先輩が3人いて、もう一人大丈夫ということで、僕が入れてもらうことになったんです。本当によかったです。

F：じゃ、家賃は安いの？

M：安いどころか、要らないんです。4)その代わり、そのお年寄りの世話をみんなでするということで。世話と言っても、まだ元気な人だから、話し相手になったり、時々みんなで食事をしたりという程度なんですけど。

F：なるほど。お互いに安心なのね。いいわね。

M：こういうの、自治体も増やそうとしてバックアップしているみたいです。

F：そう。

男の学生は、どんな所に住むことになりましたか。

中譯

女人和男學生在講話。他會住在怎樣的地方？

F：你下個月就要上大學了欸。住的地方已經找到了嗎？

M：嗯，托您的福。我在學校附近找，有找到一間很不錯的哦。

F：哦。大樓嗎？

M：1)不是，其實是一位獨居長者的家。2)房子很大，有幾間房間空著，有學生跟他一起在那裡生活。3)就像share house一樣。

F：哦，還有這樣的。很好啊。

M：對啊，我本來還很擔心一下子變成要自己一個人生活呢，那裡有3個學長，說可以再加一個人，所以就拜託他們讓我住進去了。真是太好了。

F：那，房租很便宜嗎？

M：什麼便宜啊，根本就不要房租。4)但相對地要大家一起照顧那位長者。雖說是照顧，但他身體還不錯，所以也只是陪他聊聊天，偶爾大家一起吃吃飯。

F：是這樣啊。這樣彼此都安心。真好。

M：地方政府好像也有相關政策在推廣這種模式。

F：哦。

他會住在怎樣的地方？
1 獨居長者所經營的share house
2 獨居長者家裡的空房間
3 長者曾經住過，現在沒人住的房子
4 地方政府的政策支持下所提供的低租金住宅

重點解說

1)說明要住的地方是獨居長者的家。
2)說明是獨居長者和學生一起生活。
3)像share house，但並不是。4)解釋青銀共居的模式。

解答：②

問題2-15番〔MP3 2-15〕

男の人と女の人が話しています。コンビニが初めに成功したのはなぜだと言っていますか。

M：日本って、本当にコンビニが多いよね。海外に行くと特に感じるよ。

F：そうね。何でも国内に全部で5万店もあるってテレビで言ってた。

M：そんなにあるのか。初めてできたのって、40年以上前だけど、その時はこんなこと、想像もしなかっただろうね。

F：今はコンビニ同士がすごい競争なのよ。だからそれぞれが工夫をしてライバルに負けないようにしているのね。駅の中に進出したり、ドラッグストア的な要素を取り入れたり……プライベートブランドを立ち上げて、独自の良さをアピールしたり。そうでないと競争に負けちゃうもの。お菓子もパンもおいしくなってる。それにお金もおろせるし、振り込みもできるし。

M：1)だけど、コンビニってもとはと言えば周りに店がなくて買い物が不便だった住宅地に店を出したから成功したって聞いたよ。

F：そういうふうに考えると、買い物が不便な住宅地ってまだまだたくさんあるから、これからも店が増える可能性はあるのね。

M：そうだね。

コンビニが初めに成功したのはなぜだと言っていますか。

解答：③

中譯

男人和女人在講話。他們說超商最初成功的原因是什麼？

M：日本的超商真的很多。出國特別有感。

F：是啊。電視上說好像全國總共有5萬家呢。

M：有這麼多喔。第一家超商，好像是40年以前開的，當時一定沒人想到會有今天。

F：現在超商之間競爭超激烈的。所以都各自挖空心思以免被對手打敗。有的進駐車站，有的導入藥妝店元素……有的成立自有品牌，宣傳自家特有的優點。不然就會在競爭中落敗。現在甜點跟麵包都變好吃了。而且還能領錢，也可以匯款。

M：1)不過，要說到超商的起源，我聽說是因為把店開在附近沒有商店，購物不便的住宅區，所以才成功的。

F：照這樣想，購物不便的住宅區還有很多，所以超商以後可能還會再增加呢。

M：是啊。

他們說超商最初成功的原因是什麼？

1 因為創造獨家的品牌大力宣傳優點
2 因為有賣好吃的甜點和麵包
3 因為在周遭沒有商店的住宅區開店
4 因為可以領錢匯款

重點解說

1)說出超商的起源，最初成功的原因。「はじめに」指事物開頭的部分，「もと」在這裡指事物的根本、源頭。其他選項描述的都是超商的現狀。

問題2-16番〔MP3 2-16〕

女の人と男の人が、海外旅行について話しています。女の人が一人で旅行するのは、なぜですか。

F：今度の夏休み、ヨーロッパへ行くことにしたの。一人で。

M：おっ、すごいねえ。一人旅なんだ。団体旅行はいやなの？

F：<u>1)ううん。団体のパック旅行も嫌いじゃないんだけど、今回は一人で行こうと思って。</u>

M：一人だと、行動範囲が限られるだろう？あんまりいろんなところに行けないんじゃない？

F：そうねえ、どこへ行くにも自分で行き方を調べたりしないといけないから、間違えたりして時間がかかっちゃうよね。

M：まあ、そういう経験も旅の楽しみだけどね。予測不可能っていうか、思ってもみなかったことに出合ったりするよね。

F：そうそう。<u>2)でも今回はね、行くところも行き方も、もう決めてあるの。実はヨーロッパの美術館へ行くつもりなのよ。</u>

M：あー、なるほどね。目的がはっきりしてるんだ。

F：<u>3)団体だと、一つの美術館に2時間とかね。自由さに欠けるじゃない。自分で見たいだけ見られないでしょう。</u>

M：そうだよね。大きい美術館だと1日じゃ足りないからね。

F：そうなの。だから、丸2日、同じ美術館へ行く日程を立てたのよ。気に入った絵を次の日にもう一度見たいから。

中譯

女人和男人在聊出國旅行的事。她為什麼要自己一個人旅行？

F：我決定今年暑假去歐洲。我自己一個人。

M：哦，這麼厲害。一個人旅行欸。妳不喜歡跟團嗎？

F：<u>1)沒有啊。</u>團體的套裝行程我也不討厭，不過這次我想自己一個人去。

M：自己一個人的話，行動範圍不是很受限嗎？就不太能去很多地方了吧。

F：是啊，要去哪裡也得自己查怎麼走，弄錯了還會多花時間。

M：嗯～這種經驗也算是旅行的樂趣啦。有時還會碰到無法預測，或者應該說是想都沒想過的事。

F：對啊對啊。<u>2)不過這次，我要去的地方，還有怎麼去，都已經安排好了。</u>跟你說吧，我是打算去看歐洲的美術館。

M：喔，原來如此。目的很明確嘛。

F：<u>3)跟團的話，可能一間美術館逛2小時之類的。這就不夠自由靈活了。不能自己想看多久就看多久。</u>

M：說得是。大的美術館花一天的時間都不夠。

F：就是啊。所以，我還安排了整整兩天逛同一家美術館的行程呢。因為我想隔天再去看一次我很欣賞的畫作。

M：也太奢侈了。

F：時間上是滿闊綽的。不過我可是極儉旅遊呢。<u>4)歐洲的高級料理，這次也得先保留了。因為隻身一人，也不</u>

M：ぜいたくだなあ。
F：時間はぜいたくよね。でも貧乏旅行よ。4)ヨーロッパの高級料理も、今回はお預けよ。一人だと、レストランに入りにくいからね。
M：楽しんできて。みやげ話、待ってるよ。

女の人が一人で旅行するのは、なぜですか。

好進餐廳用餐。
M：祝妳玩得開心。等妳帶著故事回來哦。

她爲什麼要自己一個人旅行？
1　因爲她討厭團體的套裝行程
2　因爲她想要體驗無法預測的感覺
3　因爲團體旅遊不能自由行動
4　因爲她想在餐廳吃高級料理

重點解說

1)否認討厭跟團。可能遇到無法預測的事是他的猜測，2)但她說這次並不是沒計劃地隨興走，是有目的有規劃的。3)說明要自己一個人去旅行的原因。4)高檔餐廳這次先pass，等以後有機會再說。

解答：③

問題2-17番〔MP3 2-17〕

男の人と女の人が日本人について話しています。女の人が今の風潮に同意できないのは、なぜですか。

F：今、何でもかんでも日本を褒めるっていう風潮が強いと思うんだけど、何だか同意できないのよね。

M：どういうこと？

F：そうねえ……電車の発車時刻がまったく狂わない日本はすごい、とか。なんだか単純すぎると思って。自己満足のようでもあるし。

M：うーん、そうかなあ。でも日本のいいところを認めて自信を持つことも大事だろう？　たとえば、僕は、かなりかっこいい自転車に乗ってるんだけど、カギをかけずに一晩中外に置いといても盗まれたことがないぜ。こんな国、他にないと思うよ。アメリカ人の友達に言ってもなかなか信じてもらえないんだよね。誇らしくなるよ、そんなとき。

F：ああ、確かにそうよね。人が親切で安全だってことは、日本の特長よね。1) ただ私が思うのは、そういう行動って、いろいろな状況が重なり合って生まれた結果だということ。2) 決して一面的に「だから日本人はすばらしい」っていうような、単純なものじゃないということなのよ。それを、良い面だけ取り上げて自分を褒めるって、どうなのかなあと。

M：3) ああ、なるほど。君の言いたいことはだいたいわかったよ。もっと社会科学的、人間科学的に捉えろってことなんだね。

F：そうね。

M：えー、つまり、どうして日本の電車は遅れないか。そ

中譯

男人和女人在談日本人。她為什麼不贊同現在的潮流？

F：現在不管什麼事都一味吹捧日本，儼然蔚為風潮，但我總覺得無法認同。

M：妳是指什麼？

F：這個嘛……像是日本的電車永遠都準時發車，太厲害了之類的。總覺得未免想得太單純了。也像是自我感覺良好。

M：嗯……，是嗎？可是認同日本的優點，更有自信也很重要啊。舉例來說，我騎的腳踏車還滿拉風的，可是一整晚放在外面沒鎖也沒被偷過。像這樣的國家，應該是絕無僅有的。我跟美國的朋友說，他們都不敢置信呢。像這種時候就很讓人感到驕傲。

F：喔，的確是這樣。友善安全是日本的特色啊。1) 只是我的想法是，像這樣的行為，是很多情況交疊所產生的結果。2) 絕不是片面地說「所以日本人好棒棒」這麼單純。然而，大家卻只聚焦在好的一面，自賣自誇，是怎樣啊。

M：3) 喔，原來如此。我大概明白妳想說什麼了。妳是覺得應該要多從社會科學、人文科學的角度來看對不對？

F：是啊。

M：嗯……，也就是說，為什麼日本的電車不會誤點？這是被迫大幅

87

れは、公共交通機関に大きく依存せざるを得ない日本の社会の、一つの象徴なのだ、とか？

F：そう。それから、日本人の、めちゃくちゃ真面目、という精神性が関係している。そして、どうしてそのような精神が生まれたかというと、農耕民族としての歴史……。

M：わかった。君は正しいよ。でも一般的には、日本人の行動が世界で称賛されると嬉しいというのは、正直な気持ちだよ。

F：そうね。その点は、その通りだわ。

女の人が今の風潮に同意できないのは、なぜですか。

仰賴公共運輸的日本社會的一種象徵，像這樣的嗎？

F：對。還有，跟日本人超級一板一眼的精神特質也有關。而說到為什麼會有這樣的精神，那就跟農耕民族的歷史……。

M：我懂了。妳說得對。不過一般來說，日本人的行為在世界上備受讚揚，坦白講感覺就很爽啊。

F：是啊。這一點確是如此。

她為什麼不贊同現在的潮流？

1　因為日本人不願認同日本的優點
2　因為外國人不想瞭解日本的文化
3　因為現在的潮流是只看到片面就自得自誇
4　因為現在的潮流是社會科學、人文科學

重點解說

她解釋不贊同的原因：1)日本人的行為有很多因素，2)不應只看到單一面向就驟下結論。3)應從社會科學及人文科學的觀點來看，是他推測她想表達的意思。

解答：③

問題2-18番〔MP3 2-18〕

男の人と女の人が高校で話しています。この高校では、なぜ部活動を必修にしていますか。

F：この学校では、全員の生徒が部活動をしているんですね。これは、必修ということですか。

M：高校の一般的なカリキュラムとしては、必修ではないことになっています。でも当校では、最低一つは必ず部活動をするように生徒に言っています。

F：この学校だと、実際は絶対しないといけないってことなんですね。どんなクラブが、人気があるんですか。

M：そうですね、運動部だとバスケットボール部、サッカー部、文化部だと英会話部や書道部が、人数が多いです。

F：そうですか。1)自分の好きなことをやっているならいいんですが、強制的っていうのは、どうなんでしょうね。

M：ええ、その辺は考え方の分かれるところです。2)しかし、現実は、部活動での実績は大学入試を左右するのです。ですから、必修科目の一つと考えて、必ずさせるほうがいいというのが、この学校の方針です。

F：なるほど。入試で部活動の内容が問われるのですね。

M：3)最近はいろいろな試験の形がありますから。特に推薦入学などでは、部活動が重視されています。

F：高校時代に勉強しかしなかった、っていうような人はダメだと。

中譯

男人和女人在高中校園裡講話。這所高中為什麼把社團活動列為必修？

F：這學校所有的學生都有參加社團活動。這是必修科目嗎？

M：高中的一般課程是列為非必修。不過我們學校會叫學生至少參加一個社團活動。

F：所以是說，在這所學校裡，事實上是非參加不可的。學生比較喜歡哪些社團？

M：這個嘛，運動類的像籃球社、足球社，文化類的像英語會話社、書法社的人數比較多。

F：這樣啊。1)做自己喜歡的事也就罷了，強制參加，這樣好嗎？

M：嗯，這部分是意見分歧的地方。2)不過，現實上，社團活動的表現對升大學有決定性的影響。所以我們學校的方針是：把它當作一種必修科目，讓學生一定要參加比較好。

F：原來如此。甄試時會問到社團活動的內容啊。

M：3)因為最近考試的方式變得很多元。尤其是像推薦入學之類的，就很重視社團活動。

F：所以是說高中時代只讀書的人是不行的。

M：4)不不不，沒這回事。類似學習的延伸的社團活動也是有的。5)是因為文科省有發函給各大學，說不能只憑考試的成績作為甄選的標準。

M：⁴⁾いやいや、そんなことはないですよ。勉強の延長のような部活動もあるわけですから。⁵⁾テストの成績だけを判断基準としない、という通達が、文科省から各大学に出されているんです。

F：そうですか。生徒も大変ですね。

この高校では、なぜ部活動を必修にしていますか。

F：這樣啊。學生也真不容易啊。這所高中為什麼把社團活動列為必修？
1　因為想讓學生做自己喜歡的事
2　因為這在考大學時很重要
3　因為光是讀書這樣不好
4　因為文科省有發公文給高中

重點解說
1)讓學生做想做的事是她的看法。2)說明列為必修的原因。3)說明參加社團活動對升學的影響。4)否認只會讀書是不好的事。5)說明文科省有要求各大學甄選不能只採計考試成績。

解答：②

問題2-19番〔MP3 2-19〕

男の人と女の人が話しています。レストランはなぜいつも満員なのですか。

F：隣の駅に、すごく規模の大きい家具店ができたのよね。行ってみない？ほら、これがホームページよ。
M：ああ、家具は値段が安くて、品物も多いらしいね。
F：ええ、写真を見るとすごくカラフルだし、デザインもすごくおしゃれよ。フロアーを見て回るだけでも楽しそう。……あら、レストランもあるんだ。
M：うん、聞いたよ。そのレストラン、いつも満員らしいね。
F：ふうん。1)時間をかけて家具を見て回って、歩き疲れたからレストランで休むってことかしら。よく考えられてるじゃない？
M：うーん、僕だったらほかの所へ行きたいなあ。せっかく外出してるんだから、行きたいレストランへ行くよ。
F：でも値段が安いのよね。朝食のビュッフェ、499円ですって。
M：へえ、でも家具見て回った後なら、朝ごはんじゃないだろうし。
F：2)そうね、あ、お客さんが何か書いてる……えーと、郊外型の家具店だから、近くに適当なレストランがないんですって。
M：3)なるほどね。どこか別の所に行くにしても、電車に乗って行くのは面倒くさいし。車だと駐車場の問題があるし。4)それが一番の理由じゃない？
F：同じ所で済まそうってことよね。ねえ、行ってみよ

中譯

男人和女人在講話。餐廳為什麼總是客滿？

F：附近車站開了一間很大的家具店欸。要不要去看看？你看，這是他們的網頁。
M：喔，家具好像價格挺親民，東西也滿多的樣子。
F：對啊，照片看起來色彩很鮮豔，設計也超有時尚感的。光是逛賣場樓層就很好玩的樣子。……哦，還有餐廳欸。
M：嗯，我有聽人家說過。那家餐廳好像總是客滿。
F：嗯……。1)是看家具逛很久，走累了所以到餐廳休息嗎？大家都會這麼想吧。
M：嗯……，要是我的話，會想去其他的地方。難得出門一趟，當然要去想去的餐廳啊。
F：可是他們的餐點很便宜欸。說早餐Buffet 499日圓呢。
M：哦？可是逛完家具才去，就不是吃早餐了吧。
F：2)對喔，啊，有顧客留言……嗯……，說它是郊區型的家具店，所以附近沒有合適的餐廳。
M：3)原來如此。就算要去別的餐廳，搭電車去也很麻煩。開車的話又有停車的問題。4)這就是最主要的原因吧。
F：所以是在同一個地方解決吃飯的事啊。欸，我們去看看嘛。就在附近的車站而已。你不是說想要

うよ。隣の駅なんだから。パソコン用のデスクがほしいって言ってたじゃない。
M：いいけど。でもそのレストランはやめとこう。安すぎる料理は、人工食材を使ってる可能性があるって聞くから。
F：じゃあ、駅のそばのイタリアンにしよう。

レストランはなぜいつも満員なのですか。

一張電腦桌嗎？
M：好是好。可是那間餐廳就別去了吧。聽說太便宜的餐點，可能都有用人造食品。
F：那我們就去吃車站旁邊的義式餐廳吧。

餐廳為什麼總是客滿？
1 因為可以休息
2 因為餐點很便宜
3 因為附近沒有合適的店家
4 因為可以開車去

重點解說
1)可以休息是她的猜測。2)提到有人在網頁上留言說家具店的附近沒什麼餐廳。3)列舉大家都不去其他餐廳的原因。4)推論這是最主要的原因，「それ」指2)所提到的留言。

解答：③

■問題2

1番：②　　　2番：④　　　3番：②　　　4番：②
5番：①　　　6番：②　　　7番：③　　　8番：④
9番：④　　　10番：④　　　11番：③　　　12番：②
13番：②　　　14番：②　　　15番：③　　　16番：③
17番：③　　　18番：②　　　19番：③

MEMO

模擬試題 – 問題 3

問題 3-《概要理解》

目的：測驗聽一段談話後，是否能理解內容。

（測驗是否能從整體內容，理解說話者的用意或主張等等。）

問題3

問題3では、問題用紙に何もいんさつされていません。この問題は、全体としてどんな内容かを聞く問題です。話の前に質問はありません。まず話を聞いてください。それから、質問とせんたくしを聞いて、1から4の中から最もよいものを一つ選んでください。

問題3-1番

解答欄　① ② ③ ④

問題3-2番

解答欄　① ② ③ ④

問題3-3番

解答欄　① ② ③ ④

問題3-4番

解答欄　① ② ③ ④

問題3-5番

解答欄　① ② ③ ④

問題3-6番　　MP3 3-06　　　解答欄　① ② ③ ④

問題3-7番　　MP3 3-07　　　解答欄　① ② ③ ④

問題3-8番　　MP3 3-08　　　解答欄　① ② ③ ④

問題3-9番

解答欄 ① ② ③ ④

問題3-10番

解答欄 ① ② ③ ④

問題3-11番

解答欄 ① ② ③ ④

問題3-12番　🎵3-12　　解答欄　① ② ③ ④

問題3-13番　🎵3-13　　解答欄　① ② ③ ④

問題3-14番　🎵3-14　　解答欄　① ② ③ ④

問題3-15番

解答欄 ① ② ③ ④

問題3-16番

解答欄 ① ② ③ ④

問題3-17番

解答欄 ① ② ③ ④

問題3-18番 🎵 3-18　　　解答欄　① ② ③ ④

問題3-19番 🎵 3-19　　　解答欄　① ② ③ ④

問題3-20番 🎵 3-20　　　解答欄　① ② ③ ④

問題3-21番

解答欄　① ② ③ ④

問題3-22番

解答欄　① ② ③ ④

問題3-23番

解答欄　① ② ③ ④

問題3-24番 🎵 3-24

解答欄 ① ② ③ ④

問題3-25番 🎵 3-25

解答欄 ① ② ③ ④

問題3-26番 🎵 3-26

解答欄 ① ② ③ ④

問題3-27番

解答欄　① ② ③ ④

問題3-28番

解答欄　① ② ③ ④

MEMO

《概要理解》內文與解答
〔問題3〕

《M：男性、F：女性》

問題 3

問題3-1番〔MP3 3-01〕

テレビでキャスターが話しています。

M：え〜、皆さんは飲食店で不愉快な思いをしたとき、クレームをつけるかどうか迷ってしまうことはありませんか。1) そこでこの番組では、クレームをつける基準を探るべく、アンケート調査を行いました。2) すると強くクレームをつけると答えた人が最も多かったのは、「料理の中に異物、つまり食べ物ではない物が入っていたとき」と答えた人で、約90%。3) 虫が入っていた場合もほぼ同じでした。4) 意見が割れたのは、髪の毛が一本入っていた、という場合ですが、それでもクレーム派が約60%でした。5) 料理がまずい、というのも6人に1人。6) 中には全部食べた後で料理に嫌いな食材が入っていたから返金しろ、などという店側からすればまさにモンスターカスタマーもいるということです。

このキャスターは何について話していますか。

1 レストランの人気に関する調査
2 クレームをつける人の性格に関する調査
3 モンスターカスタマーとは何かについての調査
4 どんな場合にクレームをつけるかについての調査

解答：④

中譯

電視裡播報員在講話。

M：在餐飲店發生不愉快的事，這時不知道要不要客訴，你有這樣的經驗嗎？1) 因此我們節目就做了一個問卷調查，來看看客訴的基準是什麼。2) 結果最多人回答會強烈客訴的情況，是「餐點中有異物，也就是餐點裡有不是食物的東西」，大約90%。3) 裡面有蟲子的情況，占比也幾乎相同。4) 意見相左的是，裡面有一根頭髮的時候，不過會客訴的一方也有大約60%。5) 回答餐點難吃的，也是6個人當中就有1人。6) 其中還有回答說全部吃完後，因為餐點裡有討厭的食材而要求退費的，像這種人對店家來說真的是奧客。

這位播報員在講什麼？
1 餐廳人氣的調查
2 客訴者性格的調查
3 如何定義奧客的調查
4 什麼情況會客訴的調查

重點解說

1) 開宗明義說做了客訴基準的問卷調查。「〜べく」和「〜ために」一樣用來表示目的。之後的2)、3)、4)、5) 依占比大小，說明會客訴的情況和比例，6) 再提到較奇葩的回答。

問題3-2番〔MP3 3-02〕

大学の教授が話しています。

M：1)最近の研究では食べすぎが老化を早め、病気になりやすいことがわかってきています。2)そのことは動物実験によって明らかになっていて、例えばアメリカで行われた「アカゲザルの研究」がよく知られています。3)この研究は、アカゲザルを2つのグループに分け、一つのグループには通常のえさを与え、もう一つのグループにはえさを7割に減らして与えて、20年近く観察したものです。4)その結果、通常のえさを与えたグループの生存率が63％、えさを7割に減らしたグループは87％でした。5)さらに、病気の発生率をみると、がん、心臓病、糖尿病といった生活習慣病にかかったサルは、通常のえさのグループでは4匹から8匹いたのに対し、7割のえさのグループでは0から4匹という少なさでした。

教授が言いたいことは何ですか。

1 サルにはたくさんのえさを与えないほうがいい。
2 同じえさを与え続けるとサルは病気になりやすい。
3 人間も含め、動物は食べすぎると病気になりやすい。
4 食事をきちんとすることによって健康になる。

解答：③

中譯

大學教授在講話。

M：1)最近的研究讓我們開始了解飲食過量會加速老化，容易生病。2)這是經由動物實驗所發現的，較廣為人知的，是在美國進行的「恆河獼猴研究」。3)這個研究是把恆河獼猴分成兩組，一組給正常的飼料，另一組只給七成的分量，進行將近20年的觀察。4)結果發現，給正常飼料的群組，生存率是63%，減至七成飼料的群組則是87%。5)進一步觀察疾病的發生率，罹患癌症、心臟病、糖尿病等因生活習慣欠佳導致的慢性病，正常飼料組有4到8隻，七成飼料組僅僅0到4隻。

教授想說的是什麼？

1 最好不要給猴子太多飼料
2 持續給同樣的飼料，猴子會容易生病
3 包含人類在內，動物吃過量都會容易生病
4 適時適量用餐，可常保健康

重點解說

1)開門見山說出主題：飲食過量有害健康。2)說明這個結論來自動物實驗。3)介紹實驗方式。4)和5)介紹實驗證實：從壽命和疾病兩方面來看，吃少一點都比較健康。

問題3-3番〔MP3 3-03〕

女の学生がスピーチをしています。

F：1)えー、国の選挙における日本の投票率は、非常に低いと思います。2)世界には、選挙の投票が義務である国と、自由である国があります。3)日本は選挙の投票は自由です。4)一方オーストラリアなどの国は義務であり、投票しないと罰金を払わなければなりません。ですから投票率は95パーセントを超えています。このように投票を義務とするべきかどうかがときどき議論になります。えーと、皆さんはどう思いますか。5)私は、投票というのは権利であると思います。6)権利を使うかどうかは個人が決めるべきです。7)自分で決めるからこそ、よく考えて投票するのです。8)いくら投票率が高くても、何も考えずに候補者の名前だけ書くようなことになっては意味がありません。ああ、もちろん投票率を高くすることはとても重要なことです。9)しかし質が悪くなることは避けたほうがいいと思います。

女の学生が一番言いたいことは何ですか。

1　選挙の投票率を高くしなければならない。
2　何も考えず投票するのをやめよう。
3　投票を国民の義務とすることに賛成だ。
4　投票を国民の義務とすることに反対だ。

解答：④

中 譯

女學生在演講。

F：1)我認為在國家選舉中，日本的投票率非常低。2)世界上有的國家選舉時投票是一種義務，有的是自由投票。3)日本選舉的投票是個人的自由。4)而像澳洲等國則是強制投票，不投票就必須支付罰款。所以投票率都超過百分之95。是否應像這樣把投票定為一種義務，有時會引發論戰。嗯……你覺得呢？5)我認為投票是一種權利。6)要不要使用權利，應由個人決定。7)正因為是自己決定的，所以才會想好了再投票。8)就算投票率再高，如果變成像什麼也沒想，只是去填個候選人的名字，那是沒有意義的。喔，當然，提高投票率是很重要的。9)但是應該要避免重量不重質，品質變差。

她最想說的是什麼？

1　必須提高選舉的投票率
2　呼籲大家不要什麼也沒想就去投票
3　贊成把投票定為國民的義務
4　反對把投票定為國民的義務

重點解說

1)提出日本投票率低的問題。2)介紹強制投票和自由投票。3)說明日本採自由投票制。4)舉例介紹強制投票制度下的高投票率。5)表明自己的主張：投票是權利而非義務。6)、7)、8)、9)都是說明如此主張的原因。

問題3-4番〔MP3 3-04〕

テレビで、写真展の話をしています。

M：この写真展は、イタリア人写真家マリオ・ジャメッティの日本ではじめての展覧会です。<u>1)彼の作品は白黒の2色、非常に独創的で、見る人の心に常に疑問を投げかけ、おまえは今のままでいいのかと問いかけています。</u><u>2)今までにない斬新な芸術で、写真の世界の広がりが感じられます。</u>例えば、この作品を見てください。大勢の子供たちが輪になって楽しそうに踊っています。一見するとなごやかな雰囲気の子供の世界を表現しているようですが、白黒のトーンがその幸福感を裏切っています。そしてタイトルは「ここにはわたしをなでる手がない」。<u>3)……考えさせられますね。</u>

話の内容は何ですか。

1 この写真家の作品を批判している。
2 この写真家の作品をほめている。
3 この写真家の生活を紹介している。
4 この写真家が話したことを紹介している。

中 譯

電視在講攝影展的事。

M：這個攝影展是義大利攝影師馬里奧・賈梅蒂在日本首度的展覽。1)他的作品運用黑白兩色，非常具有獨創性，總是會對觀看者的內心發出疑問，問你再這樣下去真的OK嗎？2)這種前所未有的、斬新的藝術，讓人感受到攝影的世界之大。比方說，請看看這幅作品。一群小朋友圍成一圈開心跳舞的樣子。乍看之下，好像是在展現氣氛和睦的孩童世界，但黑白的色調卻和這幸福感相悖。然後它的標題叫「這裡沒有一雙會撫拍我的手」。3)……讓人不由深思啊。

這段話的內容是什麼？
1 批評這個攝影師的作品
2 稱讚這個攝影師的作品
3 介紹這個攝影師的生活
4 介紹這個攝影師所說的話

重點解說

1)介紹作品的特色，有獨創性是讚美之詞，讓人看到捫心自問，代表作品令人印象深刻。2)前所未見的、斬新的、讓人有所感，都是誇獎的話。3)說前面介紹的作品發人深省，這也是讚賞之意。

解答：②

問題3-5番〔MP3 3-05〕

研究発表会で男の人が話しています。

M：今日は、昆虫のアリの社会についての実験結果を発表します。1)社会性生物、つまりアリやハチのような集団を作って女王アリや働きアリという役割を果たしながら生活する生物ですが、普通、働きアリというのは、全員一緒に働いているように思われているのではないでしょうか。2)ところが、働きアリの中の約1割は働かないアリだということがわかりました。それでよく働くアリだけを集めて巣に入れてみたのですが、やっぱり1割のアリは働かなくなってしまいました。いったいなぜでしょうか。3)これは非常事態に備えているということではないでしょうか。もし全員が常に働いていたら、何かあった時にその対策が取れなくなってしまいます。でも、働かないアリがいると、疲れて働けなくなったアリの代わりに元気なアリが働くことができるというわけです。4)アリの社会の仕組みから人間が学ぶこともありそうです。

男の人の話のテーマは何ですか。

1　社会的生物という言葉の意味
2　女王アリと働きアリの役割
3　アリが集団生活をする理由
4　アリの社会の仕組み

解答：④

中譯

男人在研究發表會上講話。

M：我今天要發表的是關於螞蟻社會的實驗結果。1)社會性生物，也就是像螞蟻、蜜蜂這樣會群居生活，有蟻后、工蟻等角色分工合作的生物，通常，大家都會覺得工蟻是全部都一起工作的，對不對？2)但是我發現工蟻中，有大約一成是不工作的。所以我嘗試著把認真工作的螞蟻全挑出來放進蟻窩裡，結果仍然有一成的螞蟻變得不工作了。究竟為什麼會這樣呢？3)我推測這是為了因應緊急事態。如果全部的螞蟻都一直在工作，萬一發生什麼事，就無法採取對策因應了。不過，有不工作的螞蟻，所以當有螞蟻累到無法工作時，就會由有活力的螞蟻接力來工作。4)看來螞蟻的社會結構也有值得人類學習的地方。

他談的主題是什麼？
1　社會性生物這個詞的意思
2　蟻后和工蟻的角色
3　螞蟻群居生活的原因
4　螞蟻的社會結構

重點解說

1)介紹過去人們對螞蟻社會分工的瞭解。2)說明他經由實驗，發現對螞蟻社會的分工有了新的認識。3)由實驗結果推測這種社會結構的成因。4)總結以上介紹的是螞蟻的社會結構。

問題3-6番〔MP3 3-06〕

学校の生徒集会で、男の先生が話しています。

M：生徒の皆さん、地震の備えはできていますか？あのー、地震は必ず来ますよ。いつ来るかわかりません。今日来るかもしれないという意識を持ちましょう。1)えー、このたび、学校で1年前から制作してきた防災ハンドブックが完成しましたので、今日皆さんのお手元に渡します。えー、はい、いいですか。2)……これは、避難場所を示したこの町の地図と、地震が発生した時の対応と、普段からの心がけが記載してあります。3)皆さんからアンケートをとって、作りました。ああ、はい、今開けて、自分の通学路を確認しましょう。よく行く場所にも印をつけてください。4)……それから、今後、防災に役立つ新しい情報があったら、この本に追加しますから、学校の方に教えてください。次に新しく作る時、参考にします。いいですか？くれぐれも地震を甘くみないようにしましょう。

この生徒集会の目的は何ですか。

1 防災ハンドブックを生徒に配ること
2 地震についてアンケートをとること
3 防災に役立つ情報を生徒からもらうこと
4 通学の時地震に気をつけるように言うこと

解答：①

中譯

男老師在校內學生集會上說話。

M：各位同學，你們有做好地震的防災準備嗎？嗯……，地震是一定會來的。只是不知道什麼時候來。我們都應該要有說不定今天就會來的防災意識。1)嗯……，學校一年前就開始製作的防災手冊完成了，今天就發給大家。嗯……，來，大家聽好。2)……這上面有我們這一區避難收容所的位置圖、地震發生時的應對、平時的留意事項。3)這是根據你們作答的問卷調查製作的。喔，好，現在翻開來，確認一下自己上學走的路。常去的地方再做個記號。4)……還有，以後如果有對防災有幫助的新資訊，我們會再追加到這手冊裡面，所以有的話記得要跟學校說。下次製作新手冊時會作為參考。OK？大家千萬不要小看地震的威力哦。

這次學生集會的目的是什麼？
1 發防災手冊給學生
2 做關於地震的問卷調查
3 請學生提供有助於防災的資訊
4 叫學生上學途中要小心地震

重點解說

1)說明集合的目的是要發防災手冊。
2)介紹手冊的內容。3)解釋手冊中資料的來源是之前的問卷調查。4)歡迎提供新資訊以利下次製作。

問題3-7番〔MP3 3-07〕

2人の女の人が電話で話しています。

F1：¹⁾もしもし、私だけど。ねえ、お母さんの携帯のアドレス、わかる？

F2：え？知らなかったっけ。電話番号はわかるんでしょ。

F1：うん。お父さんのは知ってるんだけどさあ、なぜかお母さんのがないの。

F2：そう。でも電話番号からショートメールできるじゃない？長い文を書かないなら、そのほうが便利だと思うよ。

F1：ああ、まあそうだけどね。

F2：でもまあ、アドレスも知っといた方がいいね。メールで送るよ。

F1：²⁾うん。ところで、ねえお姉さん、お母さん、明日誕生日だよね。

F2：³⁾そうよね。あ、もしかしてそれでアドレス聞いてきた？

F1：⁴⁾まあね。ねえ、お姉さん、どうするの？何か贈る？

F2：もちろんよー。もう準備してあるよ。

F1：えー。私もそれに便乗させてよ。

F2：だめよ。あなたはあなたで贈りなさい。お手伝いするとかだけでいいからさ。そのほうがお母さん、喜ぶでしょ。

F1：うーん。わかった。

F2：メールだけじゃなくてね。

F1：わかったって。

中譯

兩個女人在電話中交談。

F1：¹⁾喂喂喂，是我啦。欸，妳知道媽媽手機的信箱帳號嗎？

F2：蛤？妳不知道啊？電話號碼妳應該知道吧。

F1：嗯。爸爸的我是知道，不知道為什麼就是沒有媽媽的。

F2：這樣啊。可是，不是可以用電話號碼傳簡訊嗎？如果內容不是很長，我覺得傳簡訊比較方便哦。

F1：喔，那倒也是啦。

F2：不過話說回來，信箱帳號還是知道比較好。我再傳給妳。

F1：²⁾嗯。對了，姊姊，媽媽明天生日對不對？

F2：³⁾是啊。啊，所以妳才來跟我要媽媽的信箱？

F1：⁴⁾嘿啦。欸，姊姊，妳要怎麼給媽媽慶生？要送什麼嗎？

F2：當然啦。我早就準備好了。

F1：蛤？讓我搭妳的順風車，也算上我一份好不好？

F2：不行。妳自己的禮物自己送。就算只是幫忙做事也好。這樣媽媽會比較高興吧。

F1：嗯……。我知道了。

F2：不能只寄e-mail哦。

F1：就跟妳說我知道了咩。

誰が、何のために電話しましたか。

1 妹が、姉のメールアドレスを聞くため。
2 妹が、母親のメールアドレスを聞くため
3 姉が、妹の誕生日のプレゼントを相談するため。
4 姉が、母親の誕生日のプレゼントを相談するため。

電話是誰打來的？要做什麼？
1 妹妹打來問姊姊的信箱
2 妹妹打來問媽媽的信箱
3 姊姊打來討論要送什麼生日禮物給妹妹
4 姊姊打來討論要送什麼生日禮物給媽媽

重點解說

1)一開口就問媽媽手機的信箱。2)聽到打電話的人叫對方姊姊，可知打來的是妹妹。3)姊姊猜妹妹要媽媽的信箱是為了給媽媽慶生，不過妹妹打電話來是為了要媽媽手機的信箱。4)「まあね」是含糊地表示同意。

解答：②

問題3-8番〔MP3 3-08〕

男の人が、旅について話しています。

M：私は、東南アジアやインドを何度も旅してきました。自分探しみたいな、旅に意味を見つけようとか、そんなことを思ったことはないんです。1)ただ、目の前に広がる異文化に驚き、心を奪われてきたと、そんな感じですね。もちろん順調にいくことはほとんどない。2)効率が悪ければ悪いほど、多くの発見があるわけです。それが旅というものですね。……うん、よくだまされましたよ。例えば、「このバスはスーパーエクスプレスだ」って言われて割増料金を払ったら、停車してばかりの鈍行だったとか。だまされるのに慣れると、怒りなんか感じなくなります。ああ、そんなもんだ、世の中は。3)でも生きていて、いろんな経験しているからいいやってね。

男の人は、どんなことについて話していますか。

1 旅でだまされないための注意
2 効率よく旅をする方法
3 東南アジアの人々の暮らし
4 旅をすることの楽しみ

解答：④

中譯

男人在談旅行。

M：我去東南亞和印度旅行過好幾次。像自我探索啦，從旅行中尋找意義之類的事，我是從來都沒想過。1)只是一再為眼前展開的異國文化感到震驚，為之著迷，大概是這種感覺。當然幾乎都沒有順風順水的時候。2)效率越差，就有越多的發現。這就是旅行吧。……嗯，我經常被騙呢。比方像告訴我「這巴士是超快速巴士」跟我多收錢，結果是不斷停車的特慢車。被騙到習以為常，就不會感到憤怒了。唉，就是這樣子啊，這個世界。3)不過我覺得人活在世上，有各種不同的經歷，這樣也好。

他在講什麼？
1 旅途中不受騙上當的注意事項
2 如何有效率地旅行
3 東南亞在地人的生活
4 旅行的樂趣

重點解說

1)介紹旅行的樂趣：有令人驚訝、令人沉醉的異國文化體驗。2)指出效率差反而有新的發現。3)認為就算是受騙上當，也是人生中特別的經歷。

問題3-9番〔MP3 3-09〕

男の人が話しています。

M：¹⁾みなさん、ようこそ「歴史を語るボランティア」に応募していただきました。初めてのことで戸惑いもあるかもしれませんが、これはとてもすばらしい活動です。ご覧ください。²⁾この町には、古い街並みと昔ながらの建物がそのまま残っています。200年ほどまえ、ちょうどこの辺で、政府軍と反政府軍との激しい戦いが繰り広げられました。悲しい出来事がいくつもありました。でもその後、私たちの先祖は戦いを避け、話し合いによって統治することを誓ったのです。その後はどんな犠牲もなく今にいたっています。³⁾私たちは観光のために訪れる大勢の人たちに、この町のすばらしさを、誇りを持って伝えようではありませんか。

誰に対して話していますか。

1 「歴史を語るボランティア」をしている人たちに対して
2 「歴史を語るボランティア」になろうとしている人たちに対して
3 この町を訪れた観光客に対して
4 この町に昔から住んでいる人たちに対して

解答：②

中譯

男人在講話。

M：¹⁾大家好，謝謝大家來應徵「歷史導覽志工」。第一次接觸，大家或許會有一些迷惘困惑，不過這真的是一個很棒的活動。大家請看一看。²⁾在這個地區，古老的街道和歷史悠久的建築物，都原封不動地保留了下來。差不多在200年前，就在這一帶，政府軍和反政府軍展開了激烈的戰鬥。發生了許多悲慘的事件。不過後來，我們的祖先誓言要避免戰爭，透過對話來進行統治。之後就再也沒有任何的犧牲，一直走到今天。³⁾我們應該要引以為豪，和來這裡的眾多遊客分享這裡的精彩故事，大家說對不對啊？

他在對誰說話？
1 擔任「歷史導覽志工」的人
2 想要成為「歷史導覽志工」的人
3 造訪此地的遊客
4 很久以前就一直住在這裡的人

重點解說

1)一開頭先對來應徵志工的人表達歡迎與感謝，2)簡單介紹這地區的特色和歷史。3)說明志工活動的目的，並呼籲大家一起來響應。

問題3-10番〔MP3 3-10〕

テレビ番組で、女の人が話しています。

F：1)最近は大学院で学び直したいと考えるビジネスマンが増えています。2)新しい知識やノウハウを習得して仕事の質を高めたり、新たな職種に挑戦したりするためです。大学側も働きながら学べる環境を整えてきているんですね。3)社会人向けのものは平日の夕方から学ぶコースや土日だけ通って必修単位を取れるコースもあるそうです。4)社会人向け大学院といっても、ビジネススクールや法律、会計の専門職大学院など実務に合わせたもの、研究系の大学院まで様々です。5)多くの大学院、様々な学科の中から何を選べばいいのか決められないという人は、正式に入学しなくても、1科目から数科目単位で低価格で授業を受けることもできるコースもあります。もちろん、この単位は正式に入学した場合は履修単位として認められるそうです。

このキャスターは主に何について話していますか。

1　大学院にビジネスマンが増えていること
2　社会人向け大学院にはどんなコースがあるか
3　社会人向け大学院に入るために必要なこと
4　ビジネスマンが大学院に行く理由

解答：②

中譯

女人在電視節目裡講話。

F：1)最近有越來越多商務人士都想進研究所重新學習。2)有的是為了學習新的知識、技能，提升工作品質，也有人是為了挑戰新的職業或職務。現在大學端也都有提供在職學習的環境。3)據說在職專班有平日晚上上課的課程，也有週末上課就能取得必修學分的課程。4)雖說是在職的碩博士專班，但種類也相當多元，除了像商學院、法律、會計等與實務工作對接的專業課程，也有學術研究類的。5)看著這麼多研究所，五花八門的科系，不知道怎麼選才好的人，也可以選擇不正式入學，用低廉的學費修讀一到數個科目的課程。當然，這些學分在正式入學後是可以抵免的。

這名播報員主要在講什麼？

1　研究所的商務人士變多了
2　研究所在職專班有哪些課程
3　讀研究所在職專班的必要條件
4　商務人士上研究所的原因

重點解說

1)和2)提到想讀研究所的商務人士增加的現象以及原因，接下來都是研究所在職專班的介紹，3)介紹上課時間，4)介紹科系種類，5)介紹非學位課程。

問題3-11番〔MP3 3-11〕

女の人が、ブログを書くことの効果について話しています。

F：精神的な問題を抱えている10代の若者の治療法として、ブログを書くことの効果が認められています。ブログは個人的な日記ですが、インターネットで公開されて誰でも見ることができます。1)ブログを書く人は、誰か知らない人が読んでくれているという事実を知って、人生に向き合うことができるようになるのです。社会への不安や感情障害といった精神的な問題は、私たちの社会に埋もれています。このような社会的疎外感から抜け出すためにブログが役に立っているのです。2)しかしただネット上に公開するだけではダメなのです。3)自分の感じている精神的な困難を書いて、それを読んだ知らない人から好意的なコメントをもらう、このことが、若者を他者と交流する気にさせるのです。4)誰も読まない個人的な日記を書いているだけでは、こうした結果は得られません。5)ある研究では、ブログを書くことが脳内の快楽物質であるドーパミンを放出させるという結果が出ています。つまり、音楽や絵画に接するときと同じ気持ちになるのです。

女の人は、ブログのどんな点に効果があると言っていますか。

1　個人的な日記を書いて公開すること
2　誰か知らない人が読んでいるということ
3　知らない人から好意的なコメントをもらうこと

中譯

女人在談寫部落格/網誌(Blog)的功效。

F：對於有精神方面問題的十幾歲年輕人，寫部落格的療效是受到肯定的。部落格是私人日記，但會公開在網路上，每個人都能看到。1)寫部落格的人知道有陌生人願意看自己寫的東西，會變得能夠面對自己的人生。社交恐懼或情緒障礙等精神方面的問題，潛藏在我們的社會裡。要掙脫這種社會疏離感，部落格是一劑良藥。2)但是不能只是在網路上公開分享而已。3)要把自己感受到的精神方面的困擾寫出來，讓看了文章的陌生網友給予善意的留言，這樣才會讓年輕人想要和他人交流。4)只是寫沒人看的私人日記，是不會得到這種結果的。5)有研究發現，寫部落格會讓身體釋出腦部的快樂物質多巴胺。也就是說，這會和接觸音樂、繪畫時有同樣的感受。

她說部落格的哪裡有功效？
1　寫私人日記並加以公開
2　有陌生人在閱讀
3　有陌生人提供善意的留言
4　內容要配上音樂或圖畫

4　音楽や絵を伴った内容にすること

重點解說

1)介紹寫部落格的功效。但2)強調不能只是上網公開。3)指出要寫明問題所在，還要有網友善意的留言，有正面的互動才有效。4)再提寫了沒人看(沒有互動)也沒有用。5)引用研究再推寫部落格的好處。

解答：③

問題3-12番（MP3 3-12）

大学で、男の人が授業について話しています。

M：最近の当大学の現状についてお話しします。¹⁾現在、学生部職員の学生対応は、就職相談も含め高い評価を得ています。²⁾問題は、成り立っていない授業があるという点です。学生たちは、出席率のために授業に出てきてはいても、参加していません。スマートフォンを使ったり、居眠りをしたりしています。どうしてこんなことになるのでしょうか。³⁾一つは、学生が大変忙しく、疲れているということがある。彼らは多くが学費や生活費のためにアルバイトをしていて、課題やレポートなどもあり、寝る時間があまり作れないと言います。⁴⁾……では、われわれ教える側に問題はないのでしょうか。……そうも言えないようです。毎年同じ内容で新情報の提供されない授業や、学生の興味をいかに掘り起こすかという視点が欠けている授業が、残念ながら存在する。⁵⁾実は学生の保護者からもそういった苦情が来ているのです。これらの事実はさらに学生の出席率を悪くするという悪循環を招き、大学を魅力のないものにしてしまいます。その点、今一度考えてみる必要があるのではないかと思います。

男の人は、誰に、何を伝えていますか。

1 大学の教授に、授業を良くするように伝えている。
2 大学の職員に、学生サービスを良くするように伝えている。

3 学生たちに、授業にきちんと参加するように伝えている。
4 学生の両親に、大学の問題点について伝えている。

3　對學生說要好好上課
4　對學生的父母說大學的問題點

重點解說
1)誇獎學務處職員表現良好。2)說明問題所在。3)分析學生方面的因素。4)分析教師方面的因素。「われわれ教える側」代表說話的人和聽話的人都是老師。5)指出老師的問題已遭投訴，暗示會影響招生。

解答：①

問題3-13番〔MP3 3-13〕

テレビで、リポーターの女の人が話しています。

F：1)今日は現代画家による写実的な絵ばかりを集めた美術館にやってまいりました。2)ここに展示されている作品はどれも写真と見間違えるようなものばかりです。3)ほら、これ、人間にこれほど細かいことまで正確に再現することができるということが信じられないほどですね。4)学芸員の方にお話を伺いましたが、写実画の画家は丁寧に丁寧に時間をかけて描いていくので、完成ということはない、どこであきらめるかだというふうにおっしゃっていました。5)写実、つまり実際にある物をそのまま写し取っていくことに、終わりはない、ということなんだそうです。6)どの作品もまるで現実の世界のようですね。

女の人は何について話していますか。

1　この美術館の特徴について
2　写実的な絵と写真の違いについて
3　写実的な絵を描く画家について
4　この美術館に展示してある作品について

中譯

女採訪記者在電視裡講話。
F：1)今天我們來到的這間美術館，專門收藏現代畫家的寫實派畫作。2)這裡展示的作品每一張都酷似照片，讓人難以分辨。3)看看這張，人類竟然可以如此絲毫不差，準確無誤地把它重現，簡直不可思議。4)(負責典藏管理、調查研究的)學藝員告訴我們，寫實畫的畫家都是小心翼翼仔仔細細地，天長地久般地一筆一筆一直畫下去，沒有所謂的完成，只是看在哪個階段收手而已。5)原來寫實，就是不斷努力描繪實物的原貌，追求完美，永無止盡。6)每一幅作品看起來都幾可亂真呢。

她在說什麼？
1　這間美術館的特色
2　寫實派畫作和照片的差別
3　寫實派畫作的畫家
4　這間美術館所展示的作品

重點解說

1)只用一句話介紹美術館的特色。
2)介紹寫實派畫作的特色。3)對畫作逼真程度的感慨。4)和5)介紹館方對寫實派畫作的說明。6)再次強調展覽的作品都維妙維肖、栩栩如生。

解答：④

問題3-14番〔MP3 3-14〕

男の人がテレビの番組で話しています。

M：家族って本当にいいものですねえ、などというきれいごとは、今や日本のホームドラマでも通用しない時代になってしまいました。世代や環境による考え方の違いがある。各自がそれぞれ勝手に快適で幸せな人生を追求する。さらに、親世代の老齢化によって家族のあり方が問い直される。……1)家族を取り囲むそのような事情は、ここに描かれたアメリカの田舎町でも同様です。2)そこでの家族は「単に生物的につながっているだけ」と表現されたりします。3)それでも、生物的なつながりや生活を一緒にしたことは、本人たちが思っている以上に強い影響力があって、それぞれの人生に大きい影を落としているのです。4)物語の最後は、救いのない破滅を迎えるのですが、アメリカを代表する二人のスターがすばらしい演技を見せているので、観客に感動を与えます。

男の人は何について話していますか。

1　破滅を迎えた家族のいろいろな例について
2　家族をテーマにした映画について
3　現代における日本の家族の変化ついて
4　アメリカの田舎町での家族の様子について

解答：②

中 譯

男人在電視節目裡說話。

M：有家真好之類漂亮空泛的話，在現在的時代，連日本的家庭劇都不演了。不同的世代，不同的環境，就會有不同的想法。各自分別恣意追尋舒適幸福的人生。再加上父母輩的高齡化，重新考驗什麼叫家庭。1)……圍繞著家庭出現的這些情況，也同樣發生在這裡所描述的美國鄉村小鎮。2)這裡的家庭，有時被描繪成「只有生物學上的血緣關係」。3)儘管如此，血緣關係和共同生活的影響力之大，都超乎他們的認知，對他們各自的人生投下巨大的陰影。4)故事到最後，迎來的是無可挽救的毀滅，但也讓我們看到美國兩大巨星的精湛演技，帶給觀眾滿滿的感動。

他在談什麼？
1　家庭破碎的各種例子
2　以家庭為主題的電影
3　現代日本家庭的變化
4　美國鄉村小鎮家庭的樣貌

重點解說

開場白談現代的家庭關係與問題，接下來都是電影的介紹。1)故事的場景，2)故事中的家庭關係，3)故事中家庭對個人的影響，4)故事的結局，以及推薦的理由。

問題3-15番〔MP3 3-15〕

テレビで男の人が女の人に話を聞いています。

M：1)最近のテレビ番組、以前とは変わってきていると思うんですが、どうなんでしょうか。

F：そうですね。2)以前は恋愛ドラマが定番でしたが、それが姿を消して代わりに出てきたのが企業の内部や社会の裏側で闘う人々を描いた作品なんです。3)これはどうしてかというと、視聴者の関心が今は恋愛よりも、仕事や社会的な問題に変わってきたことも大きな原因だと思います。また、恋愛ドラマがなくなってきたのは、今のように携帯電話やスマートフォンが普及し、恋人同士のすれ違いを描きにくくなったというのも原因の一つだと思います。4)また、毎週、連続ドラマが見られない視聴者も増えているんですね。5)刑事ドラマやミステリーが一話で完結するようになってきたのも、以前とは変わってきたことの一つでしょう。

女の人は何について話していますか。

1　最近の恋愛ドラマについて
2　テレビ番組の変化について
3　視聴者の関心について
4　社会的な問題を描くドラマについて

解答：②

中譯

電視裡，男人對女人進行訪談。

M：1)我覺得最近的電視節目跟以前越來越不一樣了，您怎麼看？

F：是啊。2)以前最多的是戀愛劇，但現在都消聲匿跡了，取而代之的，是描述在公司內部或社會黑暗面奮鬥的人們。3)為什麼會這樣呢？我覺得有一個很大的因素是：現在觀眾所關心的，已經從戀愛轉移到工作和社會的問題了。還有，戀愛劇漸趨式微，我認為還有一個原因，就是像現在手機這麼普及，變得很難描繪情侶之間想見而不得見的思念。4)而且，有越來越多觀眾都沒辦法每個星期固定追劇。5)像警匪劇、推理劇都變成單元劇，這也是跟以前不一樣的地方。

她在談什麼？

1　最近的戀愛劇
2　電視節目的變化
3　觀眾感興趣的內容
4　描寫社會問題的電視劇

重點解說

1)提問就是問她對電視節目的改變有什麼看法。2)介紹電視劇內容的變化。3)分析原因。4)介紹觀眾收視習慣的變化。5)介紹電視劇播放方式的變化。

問題3-16番〔MP3 3-16〕

男の教授が、講義の紹介をしています。

M：皆さん、えー皆さんは、印象派の絵が好きですか？ 1)日本では印象派絵画は非常に人気があります。それは、印象派の絵画の中に何か懐かしい日本的な情景を感じ取っているからなのかもしれません。2)ご存じの通り、日本の浮世絵はヨーロッパの印象派画家たちに多大な影響を与えました。3)浮世絵というのは、日常の一場面を写真のように瞬間的に捉えて表現する芸術です。その点、印象派絵画も共通した特徴を持っていると言えるでしょう。4)えー、この講義は日本の伝統的な芸術、特に絵を取り上げるのですが、日本固有の文化の範囲内で捉えるのではなく、世界的にどのように見られてきたのかという点を踏まえて、論じていきたいと思っています。

何についての講義ですか。

1　日本の伝統絵画
2　印象派の絵画
3　浮世絵と写真
4　世界の美術作品

中譯

男教授在介紹授課內容。

M：各位同學，你們喜歡印象派的畫嗎？1)在日本，印象派畫作受到非常多人的喜愛。這或許是因為大家從印象派的畫作裡面，感受到了某種令人懷念的日式情景。2)你們都知道，日本的浮世繪帶給歐洲印象派畫家很大的影響。3)浮世繪是一種呈現出像照片一樣瞬間捕捉日常生活中某一場景的藝術。在這部分，應該可以說印象派畫作也有相同的特色。4)嗯……，我們這堂課要介紹的是日本的傳統藝術，尤其是繪畫的部分，不過並不是在日本固有文化的範圍裡面看，而是從世界上的人自古至今如何看待的觀點來探討。

這堂課要上什麼？

1　日本的傳統繪畫
2　印象派的畫
3　浮世繪和照片
4　世界的美術作品

重點解說

1)推測日本人喜歡印象派的原因是其中的日本味。2)提起日本傳統繪畫對歐洲畫家的影響。3)指出日本傳統繪畫和歐洲繪畫的共通點。4)說明授課內容是以世界觀來探討日本的傳統繪畫。

解答：①

問題3-17番（MP3 3-17）

女の駅員がアナウンスをしています。

F：お客様にご案内申し上げます。1)ただいま当駅におきまして電気系統に問題が発生し、電車の運行を一時見合わせております。お急ぎのところ大変申し訳ございませんが、今しばらくお待ちいただきますよう、お願いいたします。復旧の見通しは現在のところ不明ですが、状況がわかり次第、お知らせいたします。2)なお、他の交通機関にお乗り換えご希望のお客様、当駅改札窓口におきまして遅延証明書を発行しております。そちらをお受け取りの上、バスまたは地下鉄にお乗り換えください。無料でターミナル駅までご乗車になれます。この度はご迷惑をおかけし、誠に申し訳ございません。繰り返し、お客様にご案内申し上げます。……。

何が起こりましたか。
1 電車が動かなくなった
2 電車が事故を起こした
3 全員他の交通機関に乗り換えることになった
4 電車の運賃が無料になった

解答：①

中譯

鐵路女站務員在廣播。

F：各位旅客您好，1)剛才本站供電系統發生問題，列車暫時停駛。非常抱歉，在大家趕時間的時候，現在要麻煩大家稍作等候。目前還不清楚何時能恢復，我們一掌握情況，就會立刻進行通知。2)如果您要改搭其他大眾運輸工具，本站驗票口的櫃台會提供誤點證明。請您領取之後，再改搭公車或地鐵。可以免費搭到終點站。這次造成大家的困擾，本站深感抱歉。各位旅客您好，……。

發生了什麼事？
1 電車不能發動
2 電車發生事故
3 所有的人都要轉搭其他大眾運輸
4 電車票變免費

重點解說

1)說明電車停駛的原因是沒電不能發動。2)說明可以持誤點證明免費搭公車和地鐵至終點，但沒有說每個人都要這麼做。

問題3-18番〔MP3 3-18〕

男の人がホームページについて話しています。

M：1)ホームページは不特定多数に向けた広告媒体ですから、実際に来店してもらわないと意味がありませんね。2)そのために検索で上位に上がることや、クリックにつなげることは今までお話しました。覚えていらっしゃいますか。検索には、キーワードが重要でしたね。それから、クリックのためには、タイトルと紹介文がポイント、言葉を工夫する必要がある、ということでした。3)さて、この時間は、足を向けてもらうことを考えます。最後の重要ポイントですね。まず、ホームページには店のサービス内容を紹介しているわけなのですが、これは、シンプルでわかりやすくないといけません。見た人が何か疑問を持つと、お店に来ませんから。それから、クーポンなど割引情報を必ず入れてください。これがないとなかなか来店に結びつきません。これも、複雑な内容はくれぐれも避け、単純にしてください。最後に、地図、わかりやすい道案内が大切です。

何について話していますか。

1 ホームページを多くの人が見るようにする方法
2 ホームページを見て店に来る人を多くする方法
3 ホームページを上手に検索する方法
4 ホームページの情報を活用する方法

解答：②

中譯

男人在談網頁。

M：1)網頁是針對不特定多數人的一種廣告媒體，所以顧客沒有實際上門就失去意義了。2)所以要在搜尋排行榜往上爬，要吸引人點閱，這些我以前都介紹過。不知道大家還記不記得？我說過，搜尋的時候，關鍵字很重要。還有，要人點閱，標題和介紹的字句是重點，遣辭用句得好好下功夫。3)好的，今天我們要思考的是如何讓顧客上門。這是最後的重要關頭。首先，網頁上有店家服務內容的介紹，但要注意一定得簡潔明瞭才行。因為看到的人只要稍有疑問，就不會到店裡來了。還有，請務必放上折價券等優惠資訊。沒有優惠，就很難吸引顧客來店。這部分要設計得簡明扼要，千萬要避免太複雜的內容。最後是地圖，一目瞭然的交通資訊是很重要的。

他在講什麼？

1 如何增加網頁的瀏覽人數
2 如何增加看了網頁之後來店的人數
3 如何精準搜尋網頁
4 如何運用網頁的資訊

重點解說

1)開頭先說明讓顧客來店的重要性。2)複習以前講過的內容：如何提高點閱人數。3)介紹今天要談的是網頁要怎麼設計才能吸引顧客上門。「さて」表示要開始新的話題。

問題3-19番 〔MP3 3-19〕

女の人がインタビューに応えて話しています。

M：最近のテレビ番組について、どうお考えですか。
F：そうですね。1)最近は経済情報番組が安定した人気を得ていると思います。以前は地味だと言われたものですが、今ではお金と生活に密着したテーマとして、視聴者の関心を集めているんですね。すでに長寿番組になっているものもいくつかあります。
M：2)どうしてそういう傾向が出てきたんでしょうか。
F：3)以前は経済というと、何となくとっつきにくいイメージがあったと思いますが、今は番組を作る側が視聴者にわかりやすく、そして面白く見てもらえるように工夫していますからね。4)一般市民が危機感を持っている経済問題、つまり、景気とか消費税、年金などにスポットを当てて解説していますので、視聴率も上がったんだと思います。

女の人は、主に何について話していますか。

1　経済情報番組が地味な理由
2　経済情報番組のテーマ
3　経済情報番組の人気と理由
4　視聴者の抱く危機感

解答：③

中譯

女人在訪談中答話。

M：關於最近的電視節目，您有什麼看法？
F：這個嘛。1)我覺得最近財經節目都有很穩定的人氣。以前大家都嫌它沒有亮點，不過現在這種和金錢、生活息息相關的題材，觀眾都很有興趣。好幾個都已經成了長青節目。
M：2)為什麼會出現這樣的傾向呢？
F：3)我覺得這是因為以前談到經濟，總會給人一種不太平易近人的印象，但如今節目的製作團隊都使出渾身解數，要讓觀眾看得懂，還要覺得有趣。4)他們把焦點放在一般人民有危機意識的經濟問題上，就是像景氣、消費稅、退休金等等，針對這些進行解說，所以收視率就上來了。

她主要在談什麼？

1　財經節目不吸睛的原因
2　財經節目的題材
3　財經節目的人氣與原因
4　觀眾的危機意識

重點解說

1)談財經節目有一定的人氣，並提到因為這種節目和荷包、生活密切相關，所以很多觀眾感興趣。2)他追問原因，她分析原因包括：3)節目製作方式的進化，4)節目的主題專挑大眾擔憂的事，所以很多人會看。

問題3-20番〔MP3 3-20〕

テレビ番組で、女の人が男の人に意見を聞いています。

F：1)最近は地元志向の若者が増えているということなんですけど、先生はこれについてどうお考えですか。

M：ええ、そうですね。2)まあいい傾向だと思います。3)以前は東京というか都会に対する憧れっていうものがあったんですが、今はインターネットで情報も手に入りますし、買い物もできますから、東京にいるメリットがあまりなくなっているんですね。4)だったら、何も高い家賃を払って都会に住まなくても地元にいれば友達もいるし、いいってことになるようです。5)大都会に出てきても、うまく人間関係を築けるかどうかもわからない、という気持ちもあるんですね。それよりも気心の知れた仲間と地元の良さを生かして起業したほうがいいって考えるんですよ。

F：なるほど。こういうことが地方の再生につながっていくんですね。ありがとうございました。

男の先生は何について話していますか。

1　インターネットが活用されていること
2　若者が地元志向になった理由
3　大都会に住む難しさ
4　東京に住むメリット

解答：②

中譯

電視節目中，女人在問男人的意見。

F：1)據說最近有意在地就業的年輕人變多了，請問老師對這件事有什麼看法？

M：嗯，好的。2)我覺得算是滿好的傾向。3)以前人們都對東京，或者是說對都市懷抱憧憬，不過現在用網路也能取得資訊，還可以購物，所以待在東京的好處變得越來越少了。4)既然如此，又何必付高昂的房租住在都市裡，在家鄉還有朋友相伴，可能就會覺得這樣也好。5)有的人也會擔心到了大都市，不知道能不能建立良好的人際關係。所以就會考慮不如跟知心好友一起運用在地的優點來創業。

F：原來如此。這樣就可以促進地方產業的發展了。謝謝您的分享。

男老師在談什麼？

1　大家很懂得善用網路
2　年輕人變得有意在地就業的原因
3　住在大都市的艱辛
4　住在東京的好處

重點解說

1)問他對想在地就業的年輕人增加有何看法。2)他先表示贊同，再分析原因包括3)網路拉近城鄉差距，4)都市房租貴，家鄉有朋友。5)都市須建立新的人際關係，有風險。對家鄉瞭若指掌，有好朋友可一起打拼。

問題3-21番〔MP3 3-21〕

女の人がテレビで話しています。

F：私たちはよく冷凍食品を食べます。¹⁾冷凍というと、以前はあまりおいしくないというイメージがありましたけど、今では調理した物は自分で普通に作ったものよりずっとおいしいと思うこともあるんじゃないでしょうか。²⁾遠い海でとれる魚は、船に引き揚げるとすぐ冷凍されます。鮪もそうですね。冷凍された状態で運ばれますので、新鮮さはそのままなんです。³⁾以前は冷凍すると細胞が壊れてしまって味が落ちたんですけど、最近では細胞を壊さずに冷凍できる技術が開発されましたので、新鮮さはそのまま、おいしくいただくことができるんです。⁴⁾この技術は医療分野でも活用されています。⁵⁾さて、今日はこの細胞を生きたまま冷凍できる技術を開発された方がゲストです。それはこの方です。どうぞ……

女の人は何について話していますか。

1 今日のゲストについて
2 今日のゲストが開発した技術について
3 冷凍技術には問題があることについて
4 冷凍食品がよく食べられていることについて

解答：②

中譯

電視上有個女人在講話。

F：我們經常吃冷凍食品。¹⁾說起冷凍，以前都有種不太好吃的印象，不過大家有沒有覺得現在有些調理過的冷凍食品，比自己平常做的還要好吃很多？²⁾遠洋捕獲的魚，一撈上船就會立刻進行冷凍。鮪魚就是這樣。因為是在冷凍狀態下運送的，所以可以維持原本的鮮度。³⁾以前冷凍後細胞會受損，味道就會變差，但最近有人研發出一種不會破壞細胞的冷凍技術，所以鮮度不打折，能吃到原本的美味。⁴⁾這個技術還應用在醫療領域。⁵⁾好的，研發出這種細胞活存冷凍技術的專家，就是我們今天的座上佳賓。就是這一位。我們一起掌聲歡迎……。

她在談什麼？
1 今天的來賓
2 今天的來賓所研發的技術
3 冷凍技術方面的問題
4 大家常吃冷凍食品

重點解說

1)提到現在冷凍食品變好吃了。2)舉遠洋漁船為例，說明冷凍保鮮的效果。3)介紹有新的冷凍技術，讓食物更能保持新鮮美味。4)介紹這個技術的應用範圍不限於食品。5)介紹來賓身份為此技術的研發者。

問題3-22番〔MP3 3-22〕

テレビで男のコメンテーターが話しています。

M：この3月、また新しい新幹線、北陸新幹線が開通しました。1)ニュースでは、便利になった、これで北陸を訪れる観光客が増える、などという喜びの声ばかりが報道されました。2)でも、新幹線ができたせいで、昔からあった鉄道の経営が非常に厳しくなるということも無視できません。3)また、新幹線のルートから外れてしまった町がさびれてしまうということもあります。4)乗客が減ってしまうと、その鉄道は廃止されてしまいます。そうなると、その地域の住民の足が奪われ生活を維持していくことも難しくなります。5)新幹線のおかげで増える観光客を呼び込めればいいのですが、そうできない地域もあり、頭の痛い問題が早くも表面化してきたと言えるでしょう。

男の人は何について話していますか。

1 新しい新幹線が開通した喜び
2 新しい新幹線開通に伴う問題
3 北陸を訪れる観光客を喜ばせる方法
4 新幹線沿線地域の住民の生活の変化

解答：②

中譯

電視上有個男評論員在講話。

M：今年3月，又有一條新幹線，北陸新幹線通車了。1)新聞上報導的盡是一些歡欣鼓舞的聲音，像是變得更方便了，這樣造訪北陸的遊客會增加等等。2)但是，因為新幹線的完工，導致舊有鐵路的經營管理變得非常嚴峻，這點也不容忽視。3)此外，距離新幹線路線較遠的城鎮，也可能會漸趨沒落。4)如果旅客變少了，那條鐵路就會被廢線。這樣的話，那個地區的居民就會失去交通工具，生活都會變得難以為繼。5)如果能受惠於新幹線，帶來更多遊客，自然是很好，但也有些地區無法受惠，這種令人頭痛的問題，可以說已經早早浮出水面了。

他在講什麼？

1 歡喜迎接新的新幹線通車
2 伴隨著新的新幹線通車而產生的問題
3 如何讓造訪北陸的遊客玩得開心
4 新幹線沿線地區居民生活的變化

重點解說

1)用「喜びの声ばかり」暗示新聞報喜不報憂。接著點出各種問題：2)既有的鐵路將面臨經營窘境。3)不在新幹線附近的城鎮可能會衰落。4)原有的鐵路可能被廢線，影響居民生活。5)總結有以上種種問題。

問題3-23番〔MP3 3-23〕

大学で経営学の先生が話しています。

M：さて、次の課題ですが今度は皆さんに「営業」、つまり販売業務、ま、商売ですね、これについて考えていただきたいと思います。1)お客さんの立場で、どういう人に、どんなふうに勧められると買おうという気持ちになるか、あるいは買ってみようという気持ちになるか、というようなことです。2)服装や雰囲気、話し方など、ま、どういうセールスマンが営業成績がいいかということですね。この営業には、品物を売るだけではなくて、保険や銀行もはいります。3)では、まずグループに分かれて話し合ってみてください。そして、予想してみてください。その後、アンケート調査をして、自分たちの予想と調査の結果が一致したかどうか、あとでグループごとに発表していただきます。さて、それでは……

男の先生は何について考えるように言っていますか。

1　一般的なセールスマンの特徴について
2　どんなセールスマンの営業成績がいいかについて
3　アンケート調査の目的について
4　どんなアンケートをするかについて

解答：②

中 譯

企管系的老師在大學裡講話。

M：好的，下一個課題，這回要請大家一起來思考的課題是「銷售」，也就是販售的工作，欸，就是做買賣啦。1)像是站在顧客的立場，想一想怎樣的人，怎麼推銷，你才會覺得很想買，或是覺得可以買。2)像是衣著和氣氛、說話的方式等等，欸，就是要思考怎樣的推銷員的業績會比較好。這裡指的銷售，不單單是販賣貨物，保險和銀行也算在內。3)那我們就先分組討論看看。還有，請大家預測看看。之後再做問卷調查，然後再請各組進行發表，看看自己的預測和調查的結果是否一致。好的，那就……。

男老師說要請大家思考什麼？

1　一般推銷員的特徵
2　怎樣的推銷員業績比較好
3　問卷調查的目的
4　要做怎樣的問卷調查

重點解說

關於「営業」要思考的重點，1)用「というようなこと」來舉例，2)用「ということ」來解釋要思考的是成功的推銷員有什麼特徵。3)說明課程的進行方式：分組討論，預測→做問卷→發表預測與問卷的異同。

問題3-24番〔MP3 3-24〕

男の人が、マーケティングのセミナーで、自分の経験を話しています。

M：1)私は、ある大きい駅の中にあるコーヒーショップで働いています。ここでは、平日の朝、ドーナツが本当によく売れます。1時間140個も売れるんですよ。2)こうした朝の売れ方を見て、私は食品の並べ方を変えました。朝は、お客様はとても急いでいます。だから、じっくり選ばなくてもいい並べ方にしたのです。3)今の並べ方にして以来、よりドーナツの売れ行きがよくなり、店の売上げが伸びました。4)実際に、お客様の様子や歩くスピード、話し方などを観察することで、売上げを大きく変えることが可能だと、この経験から学びました。5)お客様の意見を聞くためにアンケートもしているのですが、それでは見えてこないニーズがあり、その効果が大きいということも感じました。データの分析よりも、お客様の行動を見てニーズがどこにあるかを察し、それに応えることが一番効果的だと思います。

男の人は、売上げを上げるために何が必要だと言っていますか。

1 商品を選べるようにすること
2 客の様子を観察すること
3 客の意見を聞くこと
4 データを分析すること

中譯

男人在市場行銷的研討會上分享自己的經驗。

M：1)我在一個大車站裡的咖啡館工作。在這裡，平日的早上，甜甜圈賣得真的很好。一個小時可以賣到140個。2)看到早上這種銷售盛況，我就改變了食品的陳列方式。早上的時候，顧客都很趕時間。所以我就調整陳列的方式，讓顧客不必花時間挑選。3)改成現在的陳列方式之後，甜甜圈賣得更好，店裡的銷售額也成長了。4)從這個經驗中，我學到了一件事，就是實際觀察顧客的樣子、走路的速度、說話的方式等等，是有可能大幅改變銷售額的。5)我們平常也有做問卷來聽取顧客的意見，但有些需求是問卷裡看不出來的，我也感覺到這個的效果很顯著。我覺得，與其去分析資料，不如去觀察顧客的行為舉止，看出需求在哪裡，並加以應對，這才是最有效的。

他說要提升銷售額需要什麼？
1 讓顧客能挑選商品
2 觀察顧客的樣子
3 傾聽顧客的意見
4 分析資料

重點解說

1)介紹銷售的現象。2)說明依據自己的觀察發現而做的改變。3)說明改變後的效果。4)說明從這件事學到了什麼。5)將這件事與問卷調查比較，認為效果更好。

解答：②

問題3-25番〔MP3 3-25〕

男の人が、会社の新制度について話しています。

M：1)この新しい制度は、ここのように地方支社で働く社員に、積極的に都会の刺激を受けさせようという目的で、スタートします。2)具体的には、当地から東京に行く交通費、約5千円なんですが、これを会社で支給します。一人月2回まで使用可能、あとは何をしようと自由です。誰でも申し込めます。東京でどんなことをするか？そうですね、もちろん本社に行く必要はありませんよ。例えば、観光名所へ行く、ライブを聴く、美術館を見る、えー、うまい食べ物巡りとか。何でもいいんです。ああ、希望者はですね、行き先と目的を書いた申請用紙を出して、戻ったら当社のウェブサイトに体験談を書いてください。これが、しなければならないことのすべてです。3)体験談はクライアントも読みますから、その辺も考えてくださいね。うちのような会社は、社員がいかに新しいアイデアを提案するかが勝負です。自分の世界を広げて、創造力を豊かにしてください。

男の人は、だれに話していますか。

1　この会社の社長に
2　この会社のクライアントに
3　東京で仕事をしている社員に
4　地方で仕事をしている社員に

中 譯

男人在介紹公司的新制度。

M：1)我們開始實施這個新制度，目的是要鼓勵像這裡一樣在鄉鎮分公司工作的同仁們，能主動地去接受都市的洗禮。2)具體來說，就是當地到東京的交通費，差不多5000日圓，這筆錢由公司支付。每人每月2次為上限，之後要做什麼都可以。人人都可以申請。要在東京做什麼？這個嘛，當然了，你不必去總公司報到。你可以去觀光景點、聽現場演唱、逛美術館，嗯……，比方來一趟美食之旅之類的。什麼都可以。喔，有意申請的人，請在申請書上寫明目的地和目的，回來之後在我們公司的網站上做經驗分享。這是唯一的要求。3)我們的客戶也會看這些經驗分享，這點請大家也要納入考量。像我們這種公司，成敗就看員工會提出多新穎的想法。請大家要多多拓展自己的視野，培養豐富多元的創造力。

男人在對誰說話？
1　這間公司的社長
2　這間公司的客戶
3　在東京工作的職員
4　在鄉村工作的職員

重點解說

1)介紹新制度的實施對象與目的,由「ここのように」可知對象是鄉下分公司的人。2)對實施對象說明制度的內容。3)進一步解釋新制度的目的是要透過員工的城市洗禮經驗分享,讓客戶看到員工們的創意。

解答:④

問題3-26番〔MP3 3-26〕

男の教授が、講義の紹介をしています。

M：1)児童心理学の分野では、子供の成長を妨げるネガティブな感情に今まで大きく注意が払われてきました。つまり、攻撃、怒り、トラウマ、といった行動や感情です。ですから、通常の発達過程に関してなされている研究は、非常に少ないのが現状です。2)この講義では、そうした通常の発達過程の中から、子供の「美の認知」というテーマを取り上げます。3)子供が何かを美しい、きれいだと感じる、その感覚です。4)子供は幼いうちからそういう感覚を持っていますが、いつどのように自分の好みを持ち始めるのか、発達心理学の観点から考えます。

何についての講義ですか。

1 子供の成長を妨げる要素について
2 子供の、怒りの感情について
3 児童心理学の現状について
4 子供の、美しさに対する感覚について

解答：④

中 譯

男教授在進行課程介紹。

M：1)在兒童心理學的領域中，至今很多研究都是著重在妨礙小朋友成長的負面情緒。就是攻擊、憤怒、心理創傷等行為和情感。所以現在的情況就是，關於正常發育過程的研究十分稀少。2)這堂課，我們會在這樣的正常發育過程裡，專門來談談小朋友「對美的認知」這個主題。3)就是小朋友覺得某種事物很美，很漂亮這樣的感覺。4)小朋友從小就擁有這樣的感覺，但他們是從什麼時候開始，又是怎麼開始有自己的喜好的呢？我們會從發展心理學的觀點來探討。

這是關於什麼的課程？
1 妨礙小朋友成長的因素
2 小朋友的憤怒情緒
3 兒童心理學的現狀
4 小朋友對美的感覺

重點解說

1)介紹目前兒童心理學研究的現狀：負面情緒方面的研究是主流，關於正常發育過程的研究不足。2)說明這堂課的主題。3)解釋何謂「對美的認知」。4)說明從什麼角度來探討哪些部分。

問題3-27番〔MP3 3-27〕

女のレポーターがテレビで話しています。

F：1)ご覧ください、こちらのロボットは外国からのお客様向けで、何と、恐竜です！知らずに来たらちょっとびっくりしますよね。このような姿で、制服を着て帽子を被り、英語を話す恐竜に迎えられるというのは、どんな気持ちなんでしょうか。子供さんは大喜びでしょうね。英語だけじゃなくて日本語も話してほしいところですが……。2)さて、恐竜が受付をすませたら、フロントにある台車が自動的に荷物を部屋に運んでくれます。未来の世界みたいですねー。3)あ、万一何かあって、ここの従業員の方と話したい場合は、各フロアと部屋に「人間専用」の電話があるそうですよ。4)さて、荷物を部屋に置いたら、さっそく出かける準備。近くには楽しい観光スポットがたくさんありますよ。博物館へ行って本物の恐竜を見るのもいいんじゃないでしょうか！

何を紹介していますか。

1　ホテル
2　語学学校
3　無人自動車
4　博物館

中　譯

女採訪記者在電視裡講話。

F：1)請看，這裡的機器人，是專門服務外國客人的，而且居然是恐龍！不知情的人來了會有點嚇到吧。長成這樣，身穿制服頭戴帽子，開口說英語的恐龍，接受它的服務，是怎樣的感覺呢？小朋友應該會樂不可支吧。要是不只英語，還會說日語就好了……。2)好的，恐龍辦完你的入住手續之後，飯店櫃台的推車就會自動幫你把行李送到房間。彷彿踏進了未來的世界一樣。3)啊，萬一有什麼事要跟這裡的工作人員講，各樓層和房間裡也有「人類專用」的電話哦。4)好，我們把行李放到房間裡，就可以準備出門啦。附近有很多好玩的旅遊景點。去博物館看看真正的恐龍也是不錯的選擇哦。

她在介紹什麼？

1　飯店
2　語言學校
3　無人駕駛車／自駕車
4　博物館

重點解說

1)描述專門服務外國客人，只講英語的恐龍機器人。2)說明飯店check-in和行李服務。3)說明各樓層和房間有電話提供真人服務。4)介紹行李放進房間後出門觀光。

解答：①

問題3-28番（MP3 3-28）

女の人が話しています。

F：1) 皆さん、ヘッドホンで音楽を聴きたいけど、外の音がまったく聞こえなくなるのは困る、ということがありませんか。2) ジムで運動している時、電車の中にいる時、歩いている時など、ですね。また、仕事中にどうしても聞いておきたいニュースがあるとか、そんなふうに、外界の音を遮断しないでヘッドホンが使えるといいなあと思ったことがあるのではないでしょうか。3) それでですね、このイヤーフリー・ヘッドホンは、そういう方のためのものです。4) 耳をふさがず、骨伝導で音を伝えるという、まったく新しい機能を持っています。耳をふさいでいないので、外の音も聞こえるのです。しかも、聞いている音は、自分以外の人にはほぼ聞こえません。えー、今、自動車運転中にヘッドホンをすることが法律で禁止されていますが、これが普及すれば、音楽を楽しみながらの運転も可能になるかもしれません。

何について話していますか。

1　ヘッドホンを使うことの長所と短所について
2　ヘッドホンを使うことができない状況について
3　新しく開発されたヘッドホンの機能について
4　車の運転中にヘッドホンが使えない理由について

解答：③

中譯

女人在講話。

F：1) 不知道大家平常有沒有這樣的情形：想戴耳機聽音樂，可是會完全聽不到外面的聲音，很兩難。2) 像是在健身房運動的時候，搭電車的時候，走路的時候等等。還有，比方在工作時，有很想先聽一下的新聞，這時你一定想過要是能有那樣用起來不會隔絕外部聲音的耳機就好了。3) 所以，這款解放雙耳的耳機（ear-free headphone）就是專門給這樣的人用的。4) 它有全新的功能，藉由骨傳導來傳遞聲音，不塞住耳朵。因為沒有塞住耳朵，所以也聽得到外面的聲音。而且你在聽的聲音，除了自己之外，其他人幾乎都聽不到。嗯……，目前，法律是禁止開車時戴耳機的，不過這個普及之後，說不定就可以邊享受音樂邊開車了。

她在說什麼？

1　使用耳機的優缺點
2　無法使用耳機的情況
3　新研發出來的耳機功能
4　開車時不能用耳機的原因

重點解說

1) 提出有聽耳機同時要注意環境音的需求。2) 舉例說明有此需求。3) 指出有符合此需求的新耳機。4) 介紹這款耳機的功能。

■問題3

1番：④   2番：③   3番：④   4番：②
5番：④   6番：①   7番：②   8番：④
9番：②   10番：②   11番：③   12番：①
13番：④   14番：②   15番：②   16番：①
17番：①   18番：②   19番：③   20番：②
21番：②   22番：②   23番：②   24番：②
25番：④   26番：④   27番：①   28番：③

MEMO

模擬試題 - 問題 4

問題 4-《即時應答》

目的：聽提問等簡短對話，測驗是否能選出適當的應答。

問題4

問題4では、問題用紙に何もいんさつされていません。まず文を聞いてください。それから、それに対するへんじを聞いて、1から3の中から、もっともよいものを一つえらんでください。

問題4-1番

解答欄 ① ② ③

問題4-2番

解答欄 ① ② ③

問題4-3番 🎵4-03

| 解答欄 | ① | ② | ③ |

問題4-4番 🎵4-04

| 解答欄 | ① | ② | ③ |

問題4-5番 🎵4-05

| 解答欄 | ① | ② | ③ |

問題4-6番　MP3 4-06　　解答欄　①　②　③

問題4-7番　MP3 4-07　　解答欄　①　②　③

問題4-8番　MP3 4-08　　解答欄　①　②　③

問題4-9番

解答欄 ① ② ③

問題4-10番

解答欄 ① ② ③

問題4-11番

解答欄 ① ② ③

問題4-12番 🎵4-12

解答欄　①　②　③

問題4-13番 🎵4-13

解答欄　①　②　③

問題4-14番 🎵4-14

解答欄　①　②　③

問題4-15番　(MP3 4-15)　　解答欄　① ② ③

問題4-16番　(MP3 4-16)　　解答欄　① ② ③

問題4-17番　(MP3 4-17)　　解答欄　① ② ③

問題4-18番 🎵 4-18　　　解答欄 ① ② ③

問題4-19番 🎵 4-19　　　解答欄 ① ② ③

問題4-20番 🎵 4-20　　　解答欄 ① ② ③

問題4-21番

解答欄 ① ② ③

問題4-22番

解答欄 ① ② ③

問題4-23番

解答欄 ① ② ③

問題4-24番 🎵 4-24　　　解答欄 ① ② ③

問題4-25番 🎵 4-25　　　解答欄 ① ② ③

問題4-26番 🎵 4-26　　　解答欄 ① ② ③

問題4-27番　 🎵 MP3 4-27

| 解答欄 | ① | ② | ③ |

問題4-28番　 🎵 MP3 4-28

| 解答欄 | ① | ② | ③ |

問題4-29番　 🎵 MP3 4-29

| 解答欄 | ① | ② | ③ |

問題4-30番 🎧4-30　　解答欄 ① ② ③

問題4-31番 🎧4-31　　解答欄 ① ② ③

問題4-32番 🎧4-32　　解答欄 ① ② ③

問題4-33番

解答欄 ① ② ③

問題4-34番

解答欄 ① ② ③

問題4-35番

解答欄 ① ② ③

問題4-36番　(MP3 4-36)　　解答欄　① ② ③

問題4-37番　(MP3 4-37)　　解答欄　① ② ③

問題4-38番　(MP3 4-38)　　解答欄　① ② ③

問題4-39番　(MP3 4-39)　　解答欄 ① ② ③

問題4-40番　(MP3 4-40)　　解答欄 ① ② ③

問題4-41番　(MP3 4-41)　　解答欄 ① ② ③

問題4-42番 🎵4-42　　　解答欄　① ② ③

問題4-43番 🎵4-43　　　解答欄　① ② ③

問題4-44番 🎵4-44　　　解答欄　① ② ③

問題4-45番

解答欄 ① ② ③

問題4-46番

解答欄 ① ② ③

問題4-47番

解答欄 ① ② ③

問題4-48番

解答欄 ① ② ③

問題4-49番

解答欄 ① ② ③

問題4-50番

解答欄 ① ② ③

問題4-51番

解答欄 ① ② ③

問題4-52番

解答欄 ① ② ③

問題4-53番

解答欄 ① ② ③

問題4-54番　🎵 4-54

解答欄　① ② ③

問題4-55番　🎵 4-55

解答欄　① ② ③

問題4-56番　🎵 4-56

解答欄　① ② ③

問題4-57番

解答欄　①　②　③

問題4-58番

解答欄　①　②　③

問題4-59番

解答欄　①　②　③

問題4-60番　🎵4-60　　解答欄　① ② ③

問題4-61番　🎵4-61　　解答欄　① ② ③

問題4-62番　🎵4-62　　解答欄　① ② ③

問題4-63番

解答欄 ① ② ③

問題4-64番

解答欄 ① ② ③

問題4-65番

解答欄 ① ② ③

問題4-66番 🎧MP3 4-66

解答欄 | ① ② ③

問題4-67番 🎧MP3 4-67

解答欄 | ① ② ③

問題4-68番 🎧MP3 4-68

解答欄 | ① ② ③

問題4-69番　🎵 MP3 4-69

解答欄　① ② ③

問題4-70番　🎵 MP3 4-70

解答欄　① ② ③

問題4-71番　🎵 MP3 4-71

解答欄　① ② ③

問題4-72番

解答欄 ① ② ③

問題4-73番

解答欄 ① ② ③

問題4-74番

解答欄 ① ② ③

問題4-75番

解答欄 ① ② ③

問題4-76番

解答欄 ① ② ③

問題4-77番

解答欄 ① ② ③

MEMO

《語言表達》內文與解答
〔問題4〕

《M：男性、F：女性》

問題 4

問題4-1番〔MP3 4-01〕

F：今日は営業部長の話をじっくり伺ったんだけど、とてもいい勉強になったわ。
M：1　君が学校へ行ってるとは知らなかったよ。
　　2　あの部長は経験が豊かだからね。
　　3　僕はあまり勉強が好きじゃなかったよ。

解答：②

中 譯
F：今天我很專心地聽了銷售部長的談話，真是獲益良多啊。
M：1　我不知道原來妳有在上學。
　　2　因為那個部長經驗很豐富啊。
　　3　我以前不太喜歡讀書。

重點解說
「勉強になる」指得到對自己有用的知識、資訊。

問題4-2番〔MP3 4-02〕

M：われわれが関わっていた新しいプロジェクトの企画、見送りになったそうですよ。
F：1　だれを見送るのでしょうか。
　　2　そうですか、がんばりましょう。
　　3　えっ、いまさらどうしてですか。

解答：③

中 譯
M：聽說我們有參與過的新專案企劃被喊卡了。
F：1　是要去送誰？
　　2　這樣啊，那我們要加油哦。
　　3　蛤？都到這個地步了，怎麼會這樣啊。

重點解說
「見送る」本指送行，引伸指送走這次的機會，等以後再說，也就是擱置、暫緩的意思。

問題4-3番〔MP3 4-03〕

M：おそれいりますが、こちらではおたばこはご遠慮願います。

F：1　いえ、大丈夫です。
　　2　いや、遠慮しなくていいですよ。
　　3　あ、すみません。

解答：③

中譯

M：不好意思，這裡禁菸喔。
F：1　不會，沒關係。
　　2　不是，你別客氣啊。
　　3　啊，不好意思。

重點解說

「遠慮」源自「深謀遠慮」，指為別人多想一想而克制自己的言行，或是不～。「おたばこはご遠慮願います」意思是「拜託你克制一下，不要抽菸」。「恐れ入りますが、～」多用於要請對方配合或協助～。

問題4-4番〔MP3 4-04〕

F：まさか本気にしちゃうとはね。

M：1　彼、冗談が通じないんだね。
　　2　彼、本気で言ってたんだよ。
　　3　信じてもいいよね。

解答：①

中譯

F：沒想到他竟然會當真。
M：1　他這人就是聽不懂玩笑話。
　　2　他說的時候可是認真的。
　　3　應該是可信的吧。

重點解說

副詞「まさか」表示怎麼可能、不敢置信。句尾的「とは」省略了「思わなかった」之類的詞語，表示意外、震驚。「冗談が通じない」指只理解話語表面的意思，聽不出說話者想表達的幽默。

問題4-5番〔MP3 4-05〕

M：少しぐらい遅れたって……。
F：1　少々お待ちください。
　　2　そうはいかないわよ。
　　3　少し遅れていますね。

解答：②

中　譯

M：就算遲到一下下……。
F：1　請稍候。
　　2　那可不行哦。
　　3　有點太慢了。

重點解說

「動詞＋た＋って」意思是「～ても」、「～たとしても」。「いかない」在這裡表示不准，相當於「いかん」、「いけない」、「だめだ」。

問題4-6番〔MP3 4-06〕

M：今回のご希望には添いかねますので、どうぞご了解ください。
F：1　それではよろしくお願いします。
　　2　そうですか、それは残念ですね。
　　3　私の理解では、そうではないと思います。

解答：②

中　譯

M：很抱歉無法滿足您這次的要求，敬請諒解。
F：1　那就麻煩你了。
　　2　這樣啊，那真是太遺憾了。
　　3　就我的理解，應該不是這樣的。

重點解說

「～に添う」指設法符合～。「動詞＋かねる」表示心有餘而力不足，很想～但是做不到。

問題4-7番〔MP3 4-07〕

F：昨日、学校に来なかったんだって？

M：1　だれから聞いたの？
　　2　君が？ どうして来なかったの？
　　3　ちゃんと来たほうがいいよ。

解答：①

問題4-8番〔MP3 4-08〕

M：うちの息子に英語を教えてやっていただけないでしょうか。

F：1　お願いします。教えてください。
　　2　息子が教えてやりますよ。
　　3　私でよかったらいつでもお教えします。

解答：③

中　譯

F：聽說你昨天沒來學校？

M：1　妳聽誰說的？
　　2　是妳？為什麼沒來啊？
　　3　乖乖上學比較好哦。

重點解說

句尾的「って」表示前面的話是從別人那裡聽來的。

中　譯

M：不知道能不能請您幫忙教我兒子英語？

F：1　麻煩您了。請您指導。
　　2　我兒子會大發慈悲教你哦。
　　3　您不嫌棄的話，我隨時都可以教。

重點解說

「～ていただけないでしょうか」是很客氣地詢問能否請你～。「～てやる」是以上對下的態度表示要幫忙～，因為是要請她教自己的小孩，所以用「～てやる」抬高她的位階以示尊敬。

問題4-9番〔MP3 4-09〕

M：昨日はね。いいところまではいったんだよ。それが……。

F：1　あ、それはよかったですね。
　　2　あと一歩でしたね。
　　3　どこまで行ってきたんですか。

解答：②

中　譯

M：昨天啊，有進展到很不錯的階段哦。可是……。
F：1　啊，那太好了。
　　2　就差臨門一腳啊。
　　3　你是去了哪裡？

重點解說

「ところ」在這裡指事情發展的地步、情況。接續詞「それが」和「ところが」一樣，表示與預期不同。

問題4-10番〔MP3 4-10〕

F：ネットで見られるから新聞は読まないなんて、どうかと思わない？

M：1　ちょっと読めばわかるからじゃない。
　　2　ネットって本当に便利だからね。
　　3　最近の傾向だからしかたがないんじゃない。

解答：③

中　譯

F：網路上可以看，所以就不看報紙，這樣你不覺得有點那個嗎？
M：1　因為稍微看一下就知道的關係吧。
　　2　因為網路真的很方便嘛。
　　3　這是最近的傾向，有什麼辦法呢？

重點解說

「どうか」在這裡的意思是覺得有點怪異，不很認同。

問題4-11番〔MP3 4-11〕

M：どうしてもって言われれば、やらないでもないですけど……。
F：1　じゃ、ぜひお願いします。
　　2　そう、やらないほうがいいですよ。
　　3　そんなにやりたくないんですか。

解答：①

中　譯

M：如果妳說無論如何一定要，我也不是不能做啦……
F：1　那就千萬拜託了！
　　2　喔，別做比較好哦。
　　3　你就那麼不想做嗎？

重點解說

「(あなたに)どうしてもって言われれば」或「(あなたが)どうしてもって言うなら」都是表示「如果你堅持一定要～」。「～ないでもない」或「～ないものでもない」都表示不是絕對不行。

問題4-12番〔MP3 4-12〕

F：今度のレポート、私にしては早く提出できたわ。
M：1　君、いつも早いからね、すごいなあ。
　　2　いつも遅い君がもう提出したなんて、どうしたの。
　　3　早く提出したほうがいいよ。

解答：②

中　譯

F：這次的報告，就我而言算是很早交了。
M：1　妳總是動作很快，佩服佩服。
　　2　妳平常都拖拖拉拉的，這次居然已經交了，發生了什麼事啊？
　　3　早點交比較好哦。

重點解說

「～にしては」指以～的條件、情況來說，有點出乎意料。

問題4-13番〔MP3 4-13〕

M：昨日行ったあのレストラン、次は行くものかと思ったよ。
F：1　そんなにおいしくなかったの。
　　2　じゃあ今度いっしょに行こうよ。
　　3　そうよ、行くものだと思うわよ。

解答：①

中譯

M：昨天去的那家餐廳，打死我也不會再去了。
F：1　那麼難吃啊？
　　2　那下次一起去吧。
　　3　是啊，我覺得本來就應該要去的。

重點解說

「～ものか」或「～もんか」表示激烈地否定。「～ものだ」表示就一般常識來說應該～、本來就是～。

問題4-14番〔MP3 4-14〕

F：私たちが企画していたプロジェクト、見送りだそうです。
M：1　だれが見送るの？
　　2　そう、じゃあがんばらないとね。
　　3　えっ、なんだって！？

解答：③

中譯

F：我們之前規劃的專案，聽說被叫停了。
M：1　誰要去送？
　　2　喔，那我們得加把勁了。
　　3　蛤？妳說什麼！？

重點解說

「見送り」在這裡是擱置、暫停實施的意思。

問題4-15番〔MP3 4-15〕

M：あれ、君、今日面接だから学校を休むって言ってなかったっけ。

F：1　そう、言ってなかったのよ。
　　2　それが、延びちゃったのよ。
　　3　休んでもいいって言わなかった？

解答：②

中　譯

M：咦？我有沒有記錯？妳不是說今天有面試，不來學校嗎？
F：1　對，我沒說哦。
　　2　那個啊，往後延了。
　　3　我沒跟你說不來學校也沒關係嗎？

重點解說

「～っけ」表示不確定自己有沒有記錯，想再確認一下。

問題4-16番〔MP3 4-16〕

F：田中さんに頼んだところで……。

M：1　へえ、頼んだの？
　　2　じゃ、返事を待ってればいいね。
　　3　まあ、引き受けてはくれないだろうね。

解答：③

中　譯

F：就算去拜託田中……。
M：1　哦？妳去拜託他了？
　　2　那，就等他的回覆了。
　　3　唉，他八成也不會答應。

重點解說

「～たところで」意思是「即使～也（沒有什麼好結果）」。

問題4-17番〔MP3 4-17〕

M：この条件では、ちょっと難しいですね。

F：1　そこを何とかお願いします。
　　2　そんなに難しく考えなくても大丈夫です。
　　3　もっと簡単にできますよ。

解答：①

中　譯
M：這樣的條件，有點難辦。
F：1　拜託您通融一下。
　　2　不必想得那麼複雜啦。
　　3　可以更輕鬆地做到哦。

重點解說
他說「難しい」代表委婉地拒絕。

問題4-18番〔MP3 4-18〕

M：例の仕事、大変なんてもんじゃなかったんです。

F：1　そうですか。じゃ、よかったですね。
　　2　そんなに大変だったんですか。
　　3　じゃ、少しはのんびりできましたね。

解答：②

中　譯
M：那個工作，真不是「辛苦」兩個字可以形容的。
F：1　這樣啊。那太好了。
　　2　那麼辛苦啊。
　　3　那你有偷得浮生半日閒了。

重點解說
「～なんてもんじゃない」或「～のなんのって」、「～と言ったらない」都是表示超乎尋常地～、令人吃驚地～。

問題4-19番〔MP3 4-19〕

F：だから、会社、辞めなきゃ良かったのよ。
M：1　でも、良かったじゃない。
　　2　そうか。辞めなかったからね。
　　3　そんなこと、今さら言っても遅いよ。

解答：③

中譯
F：所以啊，要是沒辭職就好了。
M：1　不過，這樣不是挺好的嗎？
　　2　是喔。因為沒辭職嘛。
　　3　這種話，事到如今再說也來不及了。

重點解說
「辭めなきゃ」是「辭めなければ」的縮略形式，「～ばよかった」表示對過去發生的事感到後悔。意思是如果當時～就好了。

問題4-20番〔MP3 4-20〕

M：あの選手、期待が大きかっただけにね……。
F：1　でも期待だけじゃね。
　　2　プレッシャーも大変なものだったでしょうね。
　　3　落ち着いていましたね。

解答：②

中譯
M：那位選手，就是因為大家對他的期待很高……
F：1　但光是期待……。
　　2　他的壓力也一定特別大。
　　3　他很沉得住氣呢。

重點解說
「～だけに」表示原因，後面可接必然的結論，意思是「正因為～，所以理所當然地」。這裡是接意外的結果，意思是「正因為～，所以反而更加」。

問題4-21番〔MP3 4-21〕

F：面接の結果、もうそろそろ何か連絡があってもよさそうなのに。

M：1　連絡、とうとう来なかったんだね。
　　2　じゃ、連絡がくるかもしれないね。
　　3　あれ、まだ来ないの。

解答：③

問題4-22番〔MP3 4-22〕

M：就職試験、もう、落ちたかと思ったよ。

F：1　でも、よかったね。おめでとう。
　　2　難しいんだから仕方がないよ。
　　3　もう一度やってみたら。

解答：①

中譯

F：面試的結果，也差不多該有個通知了吧，怎麼……。
M：1　到頭來還是沒有收到通知啊。
　　2　那說不定會通知哦。
　　3　什麼？還沒通知？

重點解說
「そうだ」在這裡表示依自己所見所聞而做的推測。

中譯

M：徵才的甄試，我還以為已經落榜了呢。
F：1　不過幸好通過了。恭喜哦。
　　2　沒辦法，太難了。
　　3　要不你再去考一次看看？

重點解說
「～かと思った」表示本來以為～，其實不然。

問題4-23番〔MP3 4-23〕

F：あ～あ、急いでいる時に限ってアイデアが浮かばないわ。

M：1　焦るとかえってマイナスですよ。
　　2　そうとは限らないって言ってましたよ。
　　3　急いでない時なら間に合いますけどね。

解答：①

中譯

F：吼～，每次趕著要交的時候，偏偏就沒有半點靈感。

M：1　心急反而壞事哦。
　　2　我有說過了，未必是這樣。
　　3　不趕的話就會來得及。

重點解說

「～に限って」表示限定，在這裡指「別的時候都不會，偏偏～的時候就很倒楣」。

問題4-24番〔MP3 4-24〕

F：あの時は、よほどあきらめようかと思ったんですよ。

M：1　あきらめて良かったですね。
　　2　なるほど、それであきらめたんですか。
　　3　あきらめなくて、良かったですね。

解答：③

中譯

F：那時候，我差一點就要放棄了。

M：1　還好妳放棄了。
　　2　原來如此，所以妳才放棄的啊。
　　3　還好妳沒放棄。

重點解說

「よほど」在這裡的意思是「差一點就」。

問題4-25番（MP3 4-25）

M：本当は今日から旅行に行くはずだったんだ。

F：1　どうしてうそをついたの？
　　2　どうして予定が変わったの？
　　3　え、そんなはずないんじゃない？

解答：②

問題4-26番（MP3 4-26）

F：これで何とか目処がついたわね。

M：1　ええ、一時はもうだめかと思いましたけどね。
　　2　そうですね。目のつけどころはいいと思います。
　　3　あ、すみません。どこについたんですか。

解答：①

中譯

M：其實我本來預定今天起要去旅行的。

F：1　你幹嘛騙人啊？
　　2　為什麼計劃生變了？
　　3　啊？沒這種道理吧。

重點解說

「はず」是形式名詞，指理所當然的事，用來表示「照理說應該」，他的意思是「照預定應該」。「〜はずがない」意思是「理應不會有〜這種事」，用來表示自己認為不可能。

中譯

F：這樣總算有個頭緒了。

M：1　對啊，有段時間我還以為不成了呢。
　　2　對啊，觀察力很敏銳。
　　3　啊，不好意思，沾到哪裡了？

重點解說

「目処がつく」意思是看到目標在哪裡，知道該怎麼往目標前進。「目のつけどころがいい」指很會找出該注意的重點。

問題4-27番〔MP3 4-27〕

F：明日は展示会の準備なんですけど、どのくらいかかるか時間が読めないんですよ。
M：1　じゃ、何を読めばいいんですか。
　　2　展示会ってそんなに遅くまでやっているんですか。
　　3　じゃ、終わったら連絡してください。

解答：③

中譯

F：明天展示會的準備工作，不知道要花多少時間呢。
M：1　那，要看什麼才好呢？
　　2　展示會有開到那麼晚嗎？
　　3　那，麻煩妳結束的時候再跟我聯絡。

重點解說

「読む」除了閱讀之外，也指透過觀察解讀內在含意，或是對未來的推測。

問題4-28番〔MP3 4-28〕

M：電車、運転を見合わせてるってアナウンスしてたよ。
F：1　じゃ、もうすぐ来るわね
　　2　えっ、何があったのかなあ。
　　3　前の電車が遅れてるからね。

解答：②

中譯

M：剛才廣播說電車現在停駛欸。
F：1　那，就快來了吧。
　　2　啊？發生了什麼事啊？
　　3　因為前一班電車誤點了嘛。

重點解說

「見合わせる」除了對看、對照之外，也指暫時不採取行動，先看看情況再說。

問題4-29番〔MP3 4-29〕

F：もう少し早ければ、手の打ちようもあったんですけどね。

M：1　もう手遅れですか。
　　2　まだ大丈夫ですよ。
　　3　まだ早すぎるんですね。

解答：①

中 譯

F：要是再早一點點，就還有辦法。

M：1　已經太遲了嗎？
　　2　還可以啦。
　　3　還太早了啊。

重點解說

「手の打ちようがない」意思是沒有能出手解決的方法。「手遅れ」指錯失可處理或治療的時機。

問題4-30番〔MP3 4-30〕

M：おそれいりますが、こちらでは私語をおひかえいただくようお願いしております。

F：1　わかりました、私にお任せください。
　　2　えーと……。人違いだと思いますが。
　　3　あ、すみません、気をつけます。

解答：③

中 譯

M：不好意思，這裡請勿竊竊私語。

F：1　好的，交給我吧。
　　2　嗯……。我想您認錯人了。
　　3　啊，對不起，我會注意。

重點解說

「私語」指在聽演講之類的公眾場合，交頭接耳自顧自地講話。「控える」在這裡指克制自己不要～。

問題4-31番〔MP3 4-31〕

M：あー、徹夜で映画見るなんて、やめとくんだった。

F：1 やめてよかったじゃない。
　　2 だからやめとけっていったのに。
　　3 やめなくてもいいと思うわよ。

中譯

M：啊～，熬夜看電影什麼的，我早該戒了才對。

F：1 還好你戒了。
　　2 所以我早說過不要這樣了啊。
　　3 我覺得不必戒掉也沒關係啊。

重點解說

「～んだった」在這裡表示悔不當初，當初如果有～就好了。

解答：②

問題4-32番〔MP3 4-32〕

F：この雨では、運動会の中止は止むを得ませんね。

M：1 そうですね。しょうがないでしょう。
　　2 やっと運動会ができますね。
　　3 いいえ、雨はやみませんよ。

中譯

F：這樣的雨，運動會只能停辦了。

M：1 是啊。有什麼辦法呢？
　　2 總算能辦運動會了。
　　3 不對，雨不會停的。

重點解說

「止むを得ない」也可以寫作「已むを得ない」，就是「不得已」的意思。

解答：①

問題4-33番〔MP3 4-33〕

M：そのヘアスタイル、よく似合ってるよ。
F：1　そう？ だれのヘアスタイルと似てるの？
　　2　そう？ どうもありがとう。
　　3　そう？ じゃあ明日美容院へ行くわ。

解答：②

中　譯
M：妳的髮型，很適合妳，很好看。 F：1　是嗎？跟誰的髮型很像？ 　　2　是嗎？謝謝你喔。 　　3　是嗎？那我明天就去美容院。

重點解說
「似合う」指適合，搭配起來恰到好處。

問題4-34番〔MP3 4-34〕

F：この前のテスト、情けないなあ、こんな点で。
M：1　大丈夫、ちゃんとあるよ。
　　2　ほかの点も考えてみたら？
　　3　次のテストでがんばればいいじゃないか。

解答：③

中　譯
F：上次的考試，真是太難堪了，拿到這種分數。 M：1　放心吧，有啦。 　　2　其他部分也不妨考慮看看。 　　3　下次考試的時候加油就好了嘛。

重點解說
「情けない」在這裡表示令人覺得可悲甚至可恥。

問題4-35番〔MP3 4-35〕

F：今度入ってきた村木さん、アメリカ留学してたんだって？それにしては……。

M：1　そうそう、英語、上手だよね。
　　2　そうだね、英語、あまりうまくないよね。
　　3　そんなことないよ、英語、うまくないよ。

解答：②

問題4-36番〔MP3 4-36〕

M：一緒に遊びに行こうって誘われたんだけど、今それどころじゃないよ。

F：1　そうなの？どんな所にいるの？
　　2　じゃあ、一緒に行ったらいいんじゃない？
　　3　そうよね、忙しいもんね。

解答：③

中　譯

F：這次進來的村木先生，聽說有在美國留學過？就這點來看，也太……。

M：1　對啊對啊，他英語好流利喔。
　　2　是啊，他英語不太好。
　　3　沒這回事，他英語不行哦。

重點解說

「～にしては」表示以～的情況來看，和自己的印象或預期有出入。

中　譯

M：人家邀我一起去玩，現在哪有那個美國時間啊。

F：1　是嗎？你在什麼地方？
　　2　那就去啊。
　　3　是啊，這麼忙的時候。

重點解說

「～どころではない」意思是沒有多餘的時間、心力去～。

問題4-37番〔MP3 4-37〕

F：夜一人でいることほどさびしいものはないと思うわ。
M：1　本当？僕は一人でいるほうが好きだよ。
　　2　そうだよね、僕も一人でいてもさびしくないよ。
　　3　うん、そんなのたいしたことじゃないよね。

解答：①

中譯
F：我覺得沒有什麼比夜晚孤身一人更寂寞的了。
M：1　真的嗎？我倒是比較喜歡自己獨處。
　　2　就是啊，我也是，自己一個人也不會覺得寂寞。
　　3　對啊，這種事沒什麼大不了的。

重點解說
「～ほど…はない」用來表示說話者主觀認定「～是最…的，沒有什麼能比得上」。

問題4-38番〔MP3 4-38〕

F：あなたがいなかったら、とてもこんなことはできなかったでしょう。
M：1　私だったらこんなことはしません。
　　2　そんなに難しいことだったんですか。
　　3　お役に立ててうれしいです。

解答：③

中譯
F：要是沒有你，這件事應該就辦不成了。
M：1　要是我才不做這種事呢。
　　2　有那麼棘手嗎？
　　3　很高興能幫得上忙。

重點解說
她用「～たら…た」表示與事實相反的假設。

問題4-39番〔MP3 4-39〕

M：少しぐらい遅れても、どうってことないよ。
F：1　そんな！遅れたら悪いわよ。
　　2　え、そんなに遅れるの。
　　3　どんなことが起こるの。

解答：①

中　譯
M：遲到一下下，也不會怎樣啊。
F：1　什麼話！遲到就是不對。
2　啊？會那麼晚才到啊？
3　會發生什麼事呢？

重點解說
「どうってことない」意思是沒有問題、沒什麼好介意的、沒什麼要緊的。

問題4-40番〔MP3 4-40〕

F：これじゃだめって言われても、今さら変えようがありません。
M：1　今、変えようとしています。
　　2　そこを何とかお願いします。
　　3　今変えても、遅いんですね。

解答：②

中　譯
F：都這個時候了，就算你說這樣不行，也沒辦法改了。
M：1　現在正要改。
2　拜託您一定要幫幫忙。
3　現在改也來不及了吧。

重點解說
「いまさら」表示為時已晚。「～ようがない」意思是沒有辦法～。「～ようとしている」指即將、正要～。

問題4-41番〔MP3 4-41〕

M：事前に確かめておくべきでしたね。

F：1　そんなわけはありませんよ。
　　2　そうですね。うかつでした。
　　3　ちゃんと確かめたんですけどね。

解答：②

中　譯

M：應該要事先確認的。

F：1　那是不可能的。
　　2　是啊。我太疏忽了。
　　3　我有仔細確認過啊。

重點解說

「～べきだった」表示基於責任、義務，當時應該要～，卻沒有做到。

問題4-42番〔MP3 4-42〕

F：一時はどうなることかと思いましたね。

M：1　ええ。でもうまくいって良かったですね。
　　2　それで、どうなったんですか。
　　3　本当に、どうなるでしょうね。

解答：①

中　譯

F：有段時間我還想說不知道會變怎樣呢？

M：1　是啊。不過幸好順利挺過來了。
　　2　然後變怎樣了？
　　3　真的，會變怎樣呢？

重點解說

「一時はどうなることかと」用來表示回顧過去的驚險時刻。

問題4-43番〔MP3 4-43〕

M：さあ、もう一息だね。
F：1　ええ。ゆっくり休んでくださいね。
　　2　やっと終わった！
　　3　そうね。がんばろう。

解答：③

中　譯

M：來，再加把勁，快好了。
F：1　嗯。好好休息哦。
　　2　總算結束了！
　　3　是啊。加油加油。

重點解說

「もう一息」指再一口氣、再加把勁，很快就要大功告成了。「一息入れる」或「一息つける」則是指休息一下，喘口氣。

問題4-44番〔MP3 4-44〕

M：う～ん、これといって悪いところがあるわけじゃないんだけど、いまひとつ……。
F：1　じゃ、これでいいですね。
　　2　じゃ、どうすればいいでしょうか。
　　3　あ、一つ足りないんですね。

解答：②

中　譯

M：嗯……，並不是有什麼特別不好的地方，就是覺得差了點什麼……。
F：1　那就這個了。
　　2　那要怎麼弄才好？
　　3　啊，缺了一個啊。

重點解說

「これといって」指（沒有什麼）特別要提的。「いまひとつ」或「いまいち」指差了一點點，不是很滿意。

問題4-45番〔MP3 4-45〕

F：あの店、今日限りで閉店だって書いてあったよ。
M：1　今日に限って開いてないのか。
　　2　えっ、今日までで？
　　3　いや、そうとは限らないよ。

解答：②

中譯

F：那間店，上面有寫說營業到今天哦。
M：1　只有今天沒開嗎？
　　2　蛤？到今天為止？
　　3　不，未必如此。

重點解說

「今日限りで」等於「今日を限りに」、「今日を最後に」，指到今天為止。「今日限りのN」、「今日に限るN」則是指只限今天、只有今天一天的～。

問題4-46番〔MP3 4-46〕

M：お客さま、恐れ入りますがおタバコはご遠慮いただけますか。
F：1　あ、すみません。
　　2　遠慮しないでください。
　　3　遠慮したほうがいいですか。

解答：①

中譯

M：小姐，不好意思，可以麻煩不要抽菸嗎？
F：1　啊，不好意思。
　　2　請別客氣。
　　3　拒絕比較好嗎？

重點解說

「遠慮」原義和中文相同，後來引伸指顧慮周遭情況而謹言慎行，常用來提醒對方不要做某事。也指顧慮種種情況而婉拒邀約。

問題4-47番〔MP3 4-47〕

F：うわ～！こんなにたくさん、一人じゃとても食べきれないわ。

M：1　全部食べちゃっていいよ。
　　2　じゃ、早く食べちゃって。
　　3　じゃ、いっしょに食べよう。

解答：③

中　譯

F：哇～！這麼多，一個人根本吃不完啊。

M：1　全都給妳吃哦。
　　2　那就快吃啊。
　　3　那我們一起吃吧。

重點解說

「とても」在否定句裡表示怎樣也不可能辦到的意思。「～きれる」是「～きる」（～完）的可能形。

問題4-48番〔MP3 4-48〕

M：え、ここから歩いて行くんですか？　それはちょっと……

F：1　やめたほうがいいですか。
　　2　けっこう近いんですね。
　　3　無理しないでくださいね。

解答：①

中　譯

M：蛤？從這裡開始要用走的？這個就有點……

F：1　放棄比較好嗎？
　　2　還滿近的嘛。
　　3　不要勉強哦。

重點解說

「ちょっと」在這裡代表有困難、辦不到、不認同、傷腦筋等否定的意思。

問題4-49番〔MP3 4-49〕

F：ねえ、お水、もらわない？
M：1　はい、ただいまお持ちします。
　　2　ああ、そうしよう。
　　3　うん、もらわないよ。

解答：②

中　譯

F：欸，你要不要去要點水？
M：1　好的,我現在就端過來。
　　2　喔,好啊。
　　3　對,我不要。

重點解說

「(あなたは)～もらわない？」是詢問對方是否要去向別人要求～。「(わたしは)～もらえない？」則是詢問對方自己能否要求對方～。

問題4-50番〔MP3 4-50〕

M：忙しいことは承知の上で、そこをなんとか……。
F：1　わかりました。じゃあ、やります。
　　2　そうなんです、できませんでした。
　　3　そうでしたか、よかったですね。

解答：①

中　譯

M：我知道您很忙,但這個拜託您一定要幫幫忙。
F：1　好吧。那我來做。
　　2　就是啊,我沒做到。
　　3　原來是這樣啊,那太好了。

重點解說

「承知の上で～」意思是知道可是還是要～。「そこをなんとか(お願いします)」意思是儘管對方面有難色,還是硬著頭皮要拜託對方特別通融,或是另外想辦法來幫忙。

問題4-51番〔MP3 4-51〕

F：昨日の試合、まったく、さんざんだったわ。
M：1　それはおめでとう、勝ったんだ。
　　2　うん、応援がすごかったねえ。
　　3　次にがんばればいいよ。

解答：③

中譯
F：昨天的比賽，真的是喔，慘不忍睹啊。
M：1　那真是可喜可賀，贏了。
　　2　對，加油的場面好熱血哦。
　　3　下次再接再厲就是了。

重點解說
「まったく」作感嘆詞用表示極為惱火或失望。「さんざん」指結果或狀態糟透了。

問題4-52番〔MP3 4-52〕

F：あの会社、倒産のおそれが無いとも限らないですね。
M：1　じゃ、心配しなくてもいいですね。
　　2　ああ、あの会社とは限らないんですね。
　　3　対策を考えておいたほうがいいですね。

解答：③

中譯
F：那家公司，要說沒有倒閉之虞，那倒也未必。
M：1　那就不用擔心了吧。
　　2　唉，也不一定是那家公司。
　　3　最好先想好因應對策。

重點解說
「～ないとも限らない」指～的可能性雖小，但還是有的，不能太掉以輕心。

問題4-53番〔MP3 4-53〕

M：今になって先方に謝ったところで……

F：1　許してはもらえないでしょうね。
　　2　本当に申し訳ありません。
　　3　遅くなるかもしれません。

解答：①

問題4-54番〔MP3 4-54〕

F：この仕事、どなたかに代わっていただくわけにはいかないでしょうか。

M：1　代わっていただければ、助かります。
　　2　そうですね。じゃ、だれかさがしてみましょう。
　　3　そんなに変わってしまったんですか。

解答：②

中譯
M：如今即使去跟對方道歉……
F：1　也無法取得諒解吧。
　　2　真的非常抱歉。
　　3　或許會比較晚。

重點解說
「〜た＋ところで」意思是「就算〜也」。

中譯
F：這個工作，可以請其他人代勞嗎？
M：1　如果妳願意代勞，那就太感謝了。
　　2　嗯……。那，我們再找找看吧。
　　3　有變那麼多嗎？

重點解說
「〜わけにはいかない」指基於某些因素而不能〜，加上疑問助詞「か」代表猜測也許有不得已的因素而不能〜，是一種很委婉的請求。「どなたかに代わっていただく」指請求某個不特定的第三人代為行之。

問題4-55番〔MP3 4-55〕

M：ねえ、悪いんだけど、1万円ほど貸してもらうわけにはいかないかなあ。

F：1　あ、そのくらいなら貸してくれるよ。
　　2　えっ、何に使うの？
　　3　へえ、大変なのね。

解答：②

問題4-56番〔MP3 4-56〕

F：健康食品の広告が多いけど、こんなの、効くわけないよね。

M：1　う～ん、効いても知らないよ。
　　2　まあ、効いてもいいかもしれないよ。
　　3　でも、効かないとも限らないんじゃない。

解答：③

中　譯

M：不好意思，我可以跟妳借1萬日圓嗎？
F：1　啊，這點錢的話，一定願意借我們的。
　　2　啊？是要作什麼用啊？
　　3　哦？你也不容易啊。

重點解說

他用的是跟4-54同樣的句型，只是沒有用敬語。選項1的「～てくれる」表示自己和他站在同一陣線講話，意思是自己認為某個第三人會願意借錢給他。

中　譯

F：健康食品的廣告很多，不過這些都是沒有效的吧。
M：1　嗯……，要是有效我可不管。
　　2　還好吧，或許可以有效。
　　3　可是，也未必就沒有效吧。

重點解說

「わけ」原指道理，「わけ(が)ない」指沒有這種道理，代表自己認為絕不可能。「～ても知らない」意思是你要是～我才不管、不幫忙，用來表示警告。「～ないとも限らない」指可能性極低，但不等於零。

問題4-57番〔MP3 4-57〕

M：どうしてこんなことになっちゃったんだろう。
F：1　何がいけなかったのかなあ。
　　2　本当によかったじゃない。
　　3　もしかしたらそうかもしれない。

解答：①

問題4-58番〔MP3 4-58〕

F：時間をかけてやったからって……
M：1　長い間、お疲れさまでした。
　　2　いい結果になってよかったね。
　　3　結果がいいとはかぎらないよね。

解答：③

中譯

M：為什麼會變成這樣啊？
F：1　是哪裡做錯了嗎？
　　2　真是太好了。
　　3　或許是這樣也說不定。

重點解說

「いけない」相當於「悪い」、「良くない」、「だめだ」的意思。

中譯

F：說因為花很多時間去做，所以……
M：1　這麼長的時間，真是辛苦了。
　　2　幸好有好的結果。
　　3　就會有好的結果，那也不盡然。

重點解說

「からって」和「からといって」一樣，意思是「不能說因為～就一定」。

問題4-59番〔MP3 4-59〕

M：それじゃ、相手が怒っても無理はないよ。
F：1　そうね。確かに。謝りに行くわ。
　　2　無理したわけじゃないのよ。
　　3　あんまり無理をしないでね。

解答：①

中　譯
M：這樣怪不得人家要生氣。
F：1　是啊。的確是。我去向他道歉。
　　2　我沒有硬撐哦。
　　3　不要太勉強哦。

重點解說
「無理」本指不合道理、不可能辦到，「〜も無理はない」指不是沒道理，是理所當然的。「無理(を)する」指明知不可為而為之。

問題4-60番〔MP3 4-60〕

F：これ、また、今度にしませんか。
M：1　本当に楽しかったですね。
　　2　そうですね。そうしましょう。
　　3　そうかもしれませんね。

解答：②

中　譯
F：這個，下次再說好嗎？
M：1　今天真的很開心。
　　2　是啊，就這麼辦吧。
　　3　或許是吧。

重點解說
「今度」可以表示這次和下次，在這裡指下次。

問題4-61番〔MP3 4-61〕

F：彼、就職、ダメだったんだって。自信を持ってただけにね。

M：1　もっと自信を持ってやればよかったんだね。
　　2　それは、ショックも大きかっただろうね。
　　3　へえ～、いつ結果が分かるの？

解答：②

中譯

F：聽說他求職失敗了。就是因為當初很有自信所以……。

M：1　當時要是更有自信一點就好了。
　　2　這個嘛，打擊也就更大了。
　　3　哦？結果什麼時候會知道？

重點解說

「～だけに」可以指當然的因果關係「正因為～，所以理所當然地」，在這裡用來表示出乎意料「正因為～，所以更加」。

問題4-62番〔MP3 4-62〕

M：ディズニーランドに行ったけど、混んでるなんてもんじゃなかったよ。

F：1　へえ～。珍しいじゃない。すいてるなんて。
　　2　混んでるかどうか、わからないわね。
　　3　へえ、そんなに混んでたの。

解答：③

中譯

M：我去迪士尼樂園玩，那真不是人擠人而已。

F：1　哦？真難得。竟然會沒什麼人。
　　2　不知道是不是很多人。
　　3　哦？那麼多人啊。

重點解說

「～なんてもんじゃない」或「～のなんのって」都用來形容程度超級誇張。

問題4-63番〔MP3 4-63〕

F：例の件ですが、しばらく見合わせることになりました。
M：1　じゃ、当分は実行しないということですね。
　　2　そうですか。じゃ、一緒に見ましょう。
　　3　じゃ、早くしないといけませんね。

中譯
F：（你知道的）那件事，要暫時擱置了。
M：1　所以是說暫時不實施了？
　　2　這樣啊。那，我們一起去看吧。
　　3　那，那快點做才行。

重點解說
「見合わせる」指互視、對照，在這裡指暫不採取行動，先看看情況再說。

解答：①

問題4-64番〔MP3 4-64〕

F：彼の家、広いなんてものじゃありませんでした。
M：1　え、広いって聞いてましたけど。
　　2　あ、そんなに広くはないんですか。
　　3　え、そんなに広いんですか。

中譯
F：他家大得有夠誇張。
M：1　啊？我是有聽說過他家很大。
　　2　啊，沒有那麼大啊？
　　3　啊？那麼大啊？

重點解說
「～なんてもんじゃない」和「～の～ないのって」、「～のなんのって」、「～と言ったらない」都是用來形容程度很驚人。

解答：③

問題4-65番〔MP3 4-65〕

M：彼が怒るのも無理はないですね。

F：1　そうですね。あんなにひどいことを言われたんですから。
　　2　本当に、あれは怒りすぎです。
　　3　ええ、彼には怒る理由がありませんね。

解答：①

問題4-66番〔MP3 4-66〕

F：ぜひいっしょに行きたいです。もっとも休みがとれれば、ですが。

M：1　あ、じゃ、いっしょに行きます。
　　2　あ、じゃ、可能性は半々ですね。
　　3　あ、休みがとれるんですね。よかった。

解答：②

中 譯

M：他生氣也是應該的。

F：1　是啊。都被人家說成那樣了。
　　2　真的，那罵得太過分了。
　　3　對啊，他沒道理生氣啊。

重點解說

「～も無理はない」指～是合情合理，理所當然的。「怒る」除了生氣之外，也指生氣地斥責。

中 譯

F：我很想一起去。不過要看能不能請得到假。

M：1　啊，那我也一起去。
　　2　啊，那，可能性就各占一半了？
　　3　啊，能請到假啊？太好了。

重點解說

接續詞「もっとも」表示肯定前一句的內容之後，補充但書或例外的情況。

問題4-67番〔MP3 4-67〕

M：いかに読者が期待しているからといって、こんな本の出版は……。

F：1　そうですね、すばらしいことです。
　　2　私もよくないと思います。
　　3　えっ、期待通りにならなかったんですか。

解答：②

中　譯

M：不管讀者多麼期待，這種書要出版還是……。

F：1　是啊，真是太棒了。
　　2　我也覺得不妥。
　　3　啊？期待落空了嗎？

重點解說

「～からといって」或「～からって」意思是「就算有～這樣的理由也」、「不能說因為～就」。

問題4-68番〔MP3 4-68〕

F：そこを何とか、大目に見ていただけませんか。

M：1　いや、それは無理ですよ。
　　2　いいえ、お許しいただきました。
　　3　どうぞ、よくご覧ください。

解答：①

中　譯

F：拜託拜託，請您大人大量從寬處理好不好？

M：1　不，這個我辦不到。
　　2　不，人家原諒我了。
　　3　請您細細觀賞。

重點解說

「そこを何とか(お願いします)」用於請求給予特別待遇的時候。「大目に見る」指寬大為懷，不追究細部的問題。

問題4-69番〔MP3 4-69〕

M：それについては、とことん調べ抜いたんです。
F：1　そうですか、もう少し調べたほうがいいですね。
　　2　ああ、だからよくわからなかったんですね。
　　3　それでもはっきりしなかったんですか。

解答：③

中譯
M：關於這個，我已經徹底調查過了。
F：1　這樣啊，再調查一下比較好吧。
　　2　喔，所以當時你不太明白啊。
　　3　這樣還是沒有釐清嗎？

重點解說
「とことん」原指最後，作副詞用指～到底、澈底～。「動詞＋抜く」意思也是徹頭徹尾、完完全全地～。

問題4-70番〔MP3 4-70〕

M：頭の痛い問題が山ほどあって。
F：1　病院に行ったほうがいいんじゃない？
　　2　体に気をつけてがんばって。
　　3　高い山だと、そういうこと、あるよ。

解答：②

中譯
M：頭痛的問題堆積如山。
F：1　去醫院看看比較好吧。
　　2　保重啊，加油哦。
　　3　高山的話，這種事也是有的。

重點解說
頭痛可以指生理上的，也可以比喻很棘手。「山ほど」用來形容大量。

問題4-71番〔MP3 4-71〕

F：いつもの電車に乗っていたら、事故にあっていました。
M：1　本当に運がよかったですね。
　　2　もっと早い電車に乗ればよかったのに。
　　3　えっ、事故にあったんですか。

解答：①

中　譯

F：要是我搭平常搭的電車，現在就碰到事故了。
M：1　運氣真好。
　　2　要是搭早一點的電車就好了。
　　3　蛤？妳碰到事故了？

重點解說

她用過去式來表示與事實相反的假設。

問題4-72番〔MP3 4-72〕

M：彼、あれだけ練習してるんだからね。
F：1　練習量、足りないんじゃない。
　　2　上手になるわけないわね。
　　3　きっといい結果がでるわよ。

解答：③

中　譯

M：他那麼努力地練習，所以啊……。
F：1　練習的量還不夠吧。
　　2　不可能進步的。
　　3　一定會有好的結果。

重點解說

「あれだけ」、「あれほど」一般用來表示程度很高、分量很多。

問題4-73番〔MP3 4-73〕

F：この計画、前倒しすることになったんですって。

M：1 じゃ急いでやらないといけないね。
　　2 せっかく準備したのに、残念だね。
　　3 転ばないように気をつけてね。

解答：①

中　譯

F：聽說這個計劃要提前進行了。

M：1 那我們得加緊腳步才行。
　　2 虧我們都準備好了，真是可惜啊。
　　3 妳小心點別跌倒了。

重點解說

「前倒し」指比預定中更早（實施計劃或花費預算）。

問題4-74番〔MP3 4-74〕

M：まさか、あの人から連絡があるとは思わなかった。

F：1 連絡、まだないのね。
　　2 で、何て言ってきたの？
　　3 もう少し待ってみたら？

解答：②

中　譯

M：太意外了，沒想到他竟然會聯絡我。

F：1 還沒有聯絡喔。
　　2 欸，他聯絡你做什麼啊？
　　3 再等等看吧？

重點解說

副詞「まさか」用來表示可能性極小、想都沒想過會發生。

問題4-75番〔MP3 4-75〕

F：あの選手、期待が大きかっただけに……。
M：1　勝つかもしれませんね。
　　2　プレッシャーも相当だったでしょうね。
　　3　それだけじゃ勝てないと思います。

解答：②

中　譯
F：那個選手，就是因為大家對他的期待太高，所以……。 M：1　說不定會贏呢。 　　2　壓力也很大吧。 　　3　我覺得只有這樣是贏不了的。

重點解說
「～だけに」可以表示「因為～，所以理所當然地」，也可以表示「正因為～，所以才更加」，這裡是指後者。

問題4-76番〔MP3 4-76〕

M：このままだと、この会社も倒産のおそれがありますね。
F：1　ええ、心配です。
　　2　ええ、おそれいります。
　　3　本当に倒産したんですか。

解答：①

中　譯
M：這樣下去，這間公司也有破產之虞。 F：1　對啊，好擔心喔。 　　2　是啊，真不好意思。 　　3　真的破產了嗎？

重點解說
「～おそれがある」的「おそれ」漢字可以寫作「虞」，跟中文的意思一樣，指擔心可能會發生不好的事。「恐れ入ります」用來表示誠惶誠恐地道謝或致歉。

問題4-77番〔MP3 4-77〕

F：もうちょっとだったんですけどね。

M：1　ちょっとならいいじゃないですか。
　　2　もうちょっと頑張ってください。
　　3　それは残念でしたね。

解答：③

中　譯

F：就差那麼一點點。
M：1　一點點的話還好吧。
　　2　再加油一下。
　　3　真是太可惜了。

重點解說

她說的「もうちょっと」，意思是「再多一點點（就達標了）」。

■問題4

1番：②　　2番：③　　3番：③　　4番：①
5番：②　　6番：②　　7番：①　　8番：③
9番：②　　10番：③　　11番：①　　12番：②
13番：①　　14番：③　　15番：②　　16番：③
17番：①　　18番：②　　19番：③　　20番：②
21番：③　　22番：①　　23番：①　　24番：③
25番：②　　26番：①　　27番：③　　28番：②
29番：①　　30番：③　　31番：②　　32番：①
33番：②　　34番：③　　35番：②　　36番：①
37番：①　　38番：③　　39番：①　　40番：②
41番：②　　42番：①　　43番：③　　44番：②
45番：②　　46番：①　　47番：③　　48番：①
49番：②　　50番：①　　51番：③　　52番：③
53番：①　　54番：②　　55番：②　　56番：③
57番：①　　58番：③　　59番：①　　60番：②
61番：②　　62番：③　　63番：①　　64番：③
65番：①　　66番：②　　67番：②　　68番：①
69番：③　　70番：②　　71番：①　　72番：③
73番：①　　74番：②　　75番：②　　76番：①
77番：③

MEMO

模擬試題 - 問題 5

問題 5-《整合理解》

目的：聽較長及資訊量大的文章內容，測驗是否能進行比較與統整情報後選出適當的應答。

問題 5

問題5では長めの話を聞きます。この問題に練習はありません。メモをとってもかまいません。まず話を聞いてください。それから、二つの質問を聞いて、それぞれ問題用紙の1から4の中から、正しい答えを一つ選んでください。

問題5-1番

解答欄 ① ② ③ ④

1　料理ロボット
2　救助ロボット
3　ロボットスーツ
4　ペットロボット

問題5-2番

解答欄 ① ② ③ ④

1　掃除ロボット
2　救助ロボット
3　介護ロボット
4　ペットロボット

問題5-3番

解答欄　① ② ③ ④

1　メモリーライトペン
2　離れるとアラーム
3　モバイルホットクッカー
4　手ぶらんブレラ

問題5-4番

解答欄　① ② ③ ④

1　メモリーライトペン
2　離れるとアラーム
3　モバイルホットクッカー
4　手ぶらんブレラ

問題5-5番

解答欄　① ② ③ ④

1　A館とB館
2　A館とC館
3　B館とC館
4　B館とD館

問題5-6番

解答欄 ① ② ③ ④

1　A館とB館とC館
2　A館とB館とD館
3　B館とC館とD館
4　全部

問題5-7番

解答欄 ① ② ③ ④

1　ABC銀行とCC産業
2　ABC銀行とYS商事
3　CC産業とYS商事
4　ABC銀行とJL食品

問題5-8番

解答欄 ① ② ③ ④

1　ABC銀行とCC産業
2　CC産業とYS商事
3　ABC銀行とYS商事
4　YS商事とJL食品

問題5-9番

解答欄 ① ② ③ ④

1　A 1
2　A 2
3　B 1
4　B 2

問題5-10番

解答欄 ① ② ③ ④

1　A 1
2　A 2
3　B 1
4　B 2

問題5-11番

解答欄 ① ② ③ ④

1　「富士山をきれいにしよう」と「子どもの施設訪問」
2　「富士山をきれいにしよう」と「外国人観光客のガイド」
3　「外国人観光客のガイド」と「老人施設訪問A」
4　「外国人観光客のガイド」と「老人施設訪問B」

問題5-12番　　解答欄 ① ② ③ ④

1　「富士山をきれいにしよう」

2　「老人施設訪問B」

3　「子どもの施設訪問」

4　「外国人観光客のガイド」

問題5-13番　　解答欄 ① ② ③ ④

1　AコーナーとDコーナー

2　AコーナーとCコーナー

3　BコーナーとCコーナー

4　CコーナーとDコーナー

問題5-14番　　解答欄 ① ② ③ ④

1　AコーナーとBコーナー

2　BコーナーとDコーナー

3　CコーナーとBコーナー

4　DコーナーとAコーナー

問題5-15番

解答欄　① ② ③ ④

1　A
2　B
3　C
4　D

問題5-16番

解答欄　① ② ③ ④

1　A
2　B
3　C
4　D

問題5-17番

解答欄　① ② ③ ④

1　『江戸を歩こう』
2　『あなたの将来は大丈夫？』
3　『人を伸ばす企業』
4　『何を話す？』

問題5-18番　解答欄 ① ② ③ ④

1　『江戸を歩こう』
2　『年をとっても……』
3　『人を伸ばす企業』
4　『何を話す？』

問題5-19番　解答欄 ① ② ③ ④

1　ロイヤルプラン
2　ホテルプラン
3　ハワイアンプラン
4　ハウスプラン

問題5-20番　解答欄 ① ② ③ ④

1　ロイヤルプラン
2　ホテルプラン
3　ハワイアンプラン
4　ハウスプラン

問題5-21番

解答欄 ① ② ③ ④

1　赤
2　青
3　黄色
4　緑

問題5-22番

解答欄 ① ② ③ ④

1　赤
2　青
3　黄色
4　緑

問題5-23番

解答欄 ① ② ③ ④

1　赤
2　黄
3　青
4　緑

問題5-24番

解答欄　① ② ③ ④

1　赤
2　黄
3　青
4　緑

《問》內文與解答
〔問題5〕

《M：男性、F：女性》

問題 5

問題5-1番〔MP3 5-01〕〔MP3 5-02〕

女の人が、ロボットの展覧会の会場からテレビ中継をしています。

F１：え、ロボット展の会場にやってきました。本当にいろいろなロボットがあります。こちらをご覧下さい。1)このロボット、目玉焼きを作っています。卵をうまく割って……あ、見事です。そしてこちらは……最近おなじみになってきたお掃除ロボットです。床をはい回りながら掃除をしてくれます。そしてこちらは蛇の形をしています。これは水の中でも陸上でも自由自在に動けるんですね。狭いところでも入れるので、救助への活用が期待されています。そして、こちらのコーナーは介護ロボットです。この車いす型のものは、人やものにぶつからないように動いてくれるんですね。そして、このロボットスーツ、これを着用すると、すごく力が出るんです。ですから筋肉の力が弱っていても……ほら、ちゃんと立って歩けるんですよ。ペットロボットもあるし……かわいい！本当にいろいろあって、楽しいです。

F：へえ、いろいろあるのね。あのペットロボット、かわいいわ。でも、介護用のもすごいわね。
M：あの蛇型の、すごいなあ。あれで建物の下敷きになっている人なんかも見つけ出せるって、何かに書いてあったよ。料理をしてくれるのもスゴイ

中譯

一名女子在機器人展覽會的會場進行電視轉播。

F１：好的，我們來到了機器人展的會場了。真的好多各式各樣的機器人。請看這邊。1)這個機器人在煎荷包蛋。很順利地打好蛋……喔，漂亮。然後這邊是……最近大家都已經很熟悉的掃地機器人。它會在地板上轉來轉去清潔地板。然後這個的外形像一條蛇。它在水裡或陸地都可以自由自在地行動。它還可以鑽進狹窄的地方，可望應用於救難工作。然後，這一區都是照護機器人。這台輪椅造型的機器人，移動的時候都不會撞到人和東西。然後，這個動力外骨骼，穿上它就會變得很有力。所以就算肌力很弱的人……你看，還可以站起來正常行走呢。還有寵物機器人……好可愛喔！五花八門形形色色都有，真有意思。

F：哇～，種類好多喔。那個寵物機器人，好可愛喔。不過，照護用的也好厲害喔。
M：那個蛇形的，很強欸。我有看到哪裡有寫說，它還可以找到被壓在建築物底下的人呢。會做菜的機器人也很厲害。妳最想要哪一種？
F：2)這個嘛。我覺得能加減幫忙把家裡弄乾淨一點的比較好。你呢？

224

し。君が一番欲しいのは、どれ？

F：²⁾そうねえ。うちを少しでもきれいにしてくれるのがいいわ。あなたは？

M：³⁾あれを着ればすごく力が出るってことは、重いものでも簡単に持ち上げられるってことだよね。あれ、ほしいな。

F：でも、あんまりロボットに頼ると、人間がだめになっちゃうかもね。

M：そうだね。確かに。

質問1 男の人はどのロボットが欲しいと言っていますか。

質問2 女の人はどのロボットが欲しいと言っていますか。

解答：質問1 ③
　　　質問2 ①

M：³⁾穿上它就會變得很有力，意思是說可以輕鬆舉起重物對吧。我好想要那個喔。

F：不過，太過依賴機器人，說不定人類就會變廢了。

M：是啊。的確。

問題1　男人說想要哪種機器人？
1　烹飪機器人
2　救難機器人
3　動力外骨骼
4　寵物機器人

問題2　女人說想要哪種機器人？
1　掃地機器人
2　救難機器人
3　照護機器人
4　寵物機器人

重點解說

1)她介紹的機器人依序是：煎蛋=烹飪機器人、掃地機器人、蛇形可上山下海鑽洞用於救難=救難機器人、自動輪椅=照護機器人、穿上肌肉無力者也能站立行走=動力外骨骼、寵物機器人。2)她想要能讓家裡乾淨一點的，所以是掃地機器人。3)他想要能輕鬆舉起重物的，所以是動力外骨骼。

問題5-2番〔MP3 5-03〕〔MP3 5-04〕

テレビで女の人が話しています。

F1：さて、今日はちょっと変わったアイデア商品を集めてみました。¹⁾えー、まずこれ、皆さんはキャッシュカードの暗証番号やパスワードを忘れることってありませんか。そういう方に便利な「メモリーライトペン」です。メモリーライトペンは透明なインクで記録するので、他人には見えず安心です。確認したいときは、このライトで照らし出せば読むことができるんです。……さて、次はこれ、「離れるとアラーム」です。これは置き忘れ、所持品の盗難防止、迷子防止などに役に立つんです。二つ一組で、一つを大切なものに付け、もう一つを本人が持ちます。それで3mから12m離れるとアラームがなるという仕掛けです。えーと、それからこれは、モバイルホットクッカー、つまり炊飯機能付きお弁当箱。学校や会社でご飯が炊けて、おかずも一緒に温められるんです。……そして最後はこれ、「手ぶらんブレラ」です。手に持たずに傘がさせるんです。取っ手が自由に曲がるので、肩に巻いたりベビーカーに取り付けることもOK。荷物が多い時など、助かりますね。以上、ちょっと変わったアイデア商品でした。

F：いろいろおもしろいものがあるのね。
M：よく考えるな。でも、確かにこんなのがあったらいいなってものだよね。

中譯

電視裡有個女人在講話。

F1：好的，今天我們找來了幾個有點奇特的創意商品。¹⁾嗯……，首先是這個，你會不會偶爾忘記提款卡的個人識別碼或密碼？「帶燈隱形墨水筆」對這種人來說就很方便。帶燈隱形墨水筆是用透明的墨水來做記錄的，所以別人看不到，不必擔心。想確認的時候，用它的燈一照就可以看到了。……好，接下來是這個，「防丟警報器」。這個可以用來防止東西忘記帶走，防止隨身物品被偷，防止小朋友走丟等等。它是兩個一組，一個別在重要物品上，另一個自己帶著。它的設計是當兩個距離3至12公尺時，警報就會響起。嗯……，接下來的這個是隨身電鍋，就是有煮飯功能的便當盒。可以在學校或公司裡煮飯，還能同時把菜加熱。……然後最後是這個，「免持雨傘」。不用手就能撐傘。把手可以隨意彎曲，所以也可以把它繞在肩膀上，或是固定在嬰兒車上。像帶著大包小包的時候，有如神助呢。以上就是今天介紹的奇特創意商品。

F：好多東西都好好玩喔。
M：真會想呢。不過，的確都是平常會覺得要是有的話該多好的東西。
F：讓你選的話，你最想要哪一個？
M：²⁾那個，可以用透明墨水寫PIN碼和密碼的，那個挺好的。我每次都會搞混。那妳選哪一個？

F：あなただったら、何が一番ほしい？

M：あの、²⁾暗証番号とかパスワードが透明のインクで書ける、あれ、いいねえ。俺、すぐわかんなくなっちゃうんだよ。で、君はどれ？

F：そうねえ……。³⁾傘もいいなって思うけど、肩に傘の取っ手を巻いてたら、何だかおかしいわよね。⁴⁾忘れ物防止のアラームがいいかな。ケータイを置き忘れないように。⁵⁾ほかのは……まさか会社で炊飯器を使うなんて、できないし。

M：確かにそうだね。

質問1　男の人は何がほしいと言っていますか。

質問2　女の人は何がほしいと言っていますか。

F：這個嘛……。³⁾我覺得雨傘也不錯，不過傘的把手繞在肩膀上，感覺有點搞笑。⁴⁾防止丟東西的警報器好像不錯欸。可以避免掉手機。⁵⁾其他的嘛……什麼在公司用電鍋，這種事我哪敢啊。

M：的確。

問題1　男人說想要什麼東西？
1　帶燈隱形墨水筆
2　防等警報器
3　隨身電鍋
4　免持雨傘

問題2　女人說想要什麼東西？
1　帶燈隱形墨水筆
2　防等警報器
3　隨身電鍋
4　免持雨傘

重點解說

1)她介紹的產品是：忘記密碼時很方便，透明墨水+專用燈可顯示隱形文字的「隱形墨水筆」、防忘記帶防竊防走失，兩個一組，彼此離遠一點警報就響起的「防丟警報器」、可在學校公司煮飯熱菜的「隨身電鍋」、可綁在肩膀或嬰兒車的「免持雨傘」。2)他說隱形墨水筆好，因為他老是忘記密碼。3)她認為免持雨傘方便但不好看。4)她覺得防丟警報器好，可以預防掉手機。5)她不敢在公司用隨身電鍋。「まさか」在這裡的意思是想都沒想過，表示實在(做不到)。

解答：質問1①
　　　質問2②

問題5-3番〔MP3 5-05〕〔MP3 5-06〕

バスツアーのガイドが国立博物館の説明をしています。

M1：この国立博物館は、展示品によって、4つに分かれています。¹⁾まずアジア各国、西アジアから東アジアまでのものを集めたA館、日本の古代から中世のものを集めたB館、そして、その時々の企画展を行いますC館とD館です。A館とB館は皆さまがお持ちのチケットで入れますが、C館とD館は企画展ですので、別にチケットを買っていただかなければなりませんが、このツアーの参加者の方は2割引になります。C館とD館は共通チケットですので、1枚のチケットでどちらもご覧になれます。C館では江戸時代の前から江戸時代の終わりごろまでの華やかな美術を展示しています。D館では、アフリカの美術品を集めた展示会を行っています。これはあまり知られていませんが、とても珍しく、評価の高いものがそろっています。時間は2時間ございます。お疲れになった方は、あちらにレストランもございますので、ゆっくりとお過ごしください。

M：チケットをわざわざ買うのもなあ……だから、チケットのいらないのだけ見て、あそこでお茶でも飲んでようよ。

F：え、せっかく来たんだから、企画展も見たいわ。チケットだって割引じゃない。

中譯

遊覽車的導遊在介紹國立博物館。

M1：這間國立博物館的展覽品分成四種。¹⁾首先是西亞到東亞等亞洲各國文物的A館，日本古代到中世文物的B館，還有舉辦各檔期主題展的C館和D館。A館和B館憑各位手上的門票即可入館，C館和D館是主題展，所以必須請您另外購票，不過我們的團員享有八折優待。C館和D館用的是套票，所以一張票兩邊都可以看。C館展覽的是江戶時代以前到江戶時代末期的華麗美術作品。D館正在舉辦非洲美術展。這個展覽雖然知名度不高，不過都是一些非常罕見、備受好評的作品。我們有兩個小時的時間。如果累了，那邊有間餐廳，您可以在那裡好好休息。

M：還要另外買門票喔……算了，我們去看不用買票的就好，然後去那邊喝杯茶吧。

F：啊？難得來一趟欸，我也想看主題展啊。而且門票不是有折扣嗎？

M：蛤？我沒什麼興趣欸。那妳一個人去看好了。我在餐廳等妳。

F：別這樣入寶山空手而回嘛。要休息在車上休息就好了啊。

M：²⁾好好好，雖然要買票實在太荒謬了，不過就去看看江戶的好了。然後，嗯……，日本古時候的就算了。

F：³⁾真拿你沒辦法。那非洲的跟日本

M：えっ、俺、あんまり興味ないなあ。じゃ、君一人で見てこいよ。俺、レストランで待ってるから。

F：そんなもったいないこと、言わないでよ。休むのはバスの中で十分でしょ。

M：²⁾はいはい、じゃ、チケットを買うのはばかばかしいけど、江戸のだけは見てみるか。で、えーと、日本の古いのは省略だ。

F：³⁾しょうがないわね。じゃ、アフリカのと日本の古代、中世のは一人で回るわ。

M：⁴⁾じゃ、まずは江戸のを見て、それからアジアのを見に行こう。で、レストランはそこの1階だから、俺はそこで待ってる。

F：わかったわ。じゃ、3時出発だから、2時50分ごろにはレストランに行くようにするわ。

M：オーケー。じゃ、行こう。

質問1 男の人はどこを見ると言っていますか。

質問2 女の人はどこを見ると言っていますか。

解答：質問1 ②
　　　質問2 ④

古代中世的我就一個人逛了。

M：⁴⁾那先去看江戶的，接著去看亞洲的。嗯，餐廳就在那個場館的一樓，我在那裡等妳。

F：好吧。那，3點出發，我差不多2點50分去餐廳找你。

M：OK。那就走吧。

問題1　男人說要參觀哪裡？
1　A館和B館
2　A館和C館
3　B館和C館
4　B館和D館

問題2　女人說要參觀哪裡？
1　A館和B館和C館
2　A館和B館和D館
3　B館和C館和D館
4　全部

重點解說

1)A館=亞洲館，B館=日本古代中世館，C館=江戶展，D館=非洲展。CD兩館須另購優惠一張門票。2)他同意買票跟她一起去看C館，但不去B館。3)她說除了一起參觀的行程之外，還要自己去D館和B館。4)他說一起去C館再去A館，之後分道揚鑣，所以她會一起C館和A館，再自己去D館和B館。

問題5-4番〔MP3 5-07〕〔MP3 5-08〕

大学の人が、インターンシップの説明をしています。

M1：えー、ではインターンシップの説明を始めます。期間はだいたい2週間程度です。¹⁾最初は、経済学部の学生対象の企業です。まずABC銀行、これは冬休み期間中と春休み期間中の2回ありますので、どちらかに参加しても両方に参加してもいいそうです。将来銀行に行きたいと思っている人には最適ですね。それから、つぎの3つの企業は学部の指定はありません。工学部の学生は、研究所などに配属されます。その他の学部の学生の配属は、面接をして決めるそうです。まずゲームを作っているCC産業は、11月から12月にかけての2週間、貿易会社として有名なYS商事は12月後半です。そしてJL食品は2月末から3月にかけてです。申し込みは今週中に事務所の方でお願いします。もちろん人数が多い場合は、面接で決まります。

F：どうする？　あなたは経済だから銀行もOKね。前、銀行に行きたいって言ってたじゃない。

M：そうだな。²⁾12月後半のと春休みの二つ、行けるかな。実は貿易にも興味あるんだ。

F：ふ～ん。2社もやってみるのか。じゃ、私もそうしようかな。³⁾といっても興味のあるのは1社だけ。でも2月末から3月にかけてって、もう試験終わってるかなあ。

M：多分大丈夫だよ。⁴⁾でも、君なんか語学が得意な

中譯

大學的校方人員在介紹實習方案。

M1：嗯……，我來向大家介紹實習的方案。實習期間大多為期2星期左右。¹⁾開頭的是招收經濟學院學生的企業。首先是ABC銀行，它有寒假和春假兩個梯次，他們說可以擇一參加，也可以兩梯次都參加。最適合以後想去銀行工作的人。然後，接下來的3家公司都沒有指定學院。工學院的同學會被分配到研究中心之類的單位。其他學院的同學會分配到什麼單位，聽說是要面試後再決定。首先，製作遊戲的CC產業，是11月到12月其間的兩個星期，知名的貿易公司YS商事是在12月的下半個月。然後JL食品是在2月底到3月這段時間。報名請在這星期結束前到辦公室辦理。當然了，人數太多的話，會再由面試決定。

F：你要怎麼報名？你是經濟學院的，所以銀行也OK嘛。你之前不是說過想去銀行嗎？

M：是啊。²⁾12月下半個月的跟春假的這兩個，不知道能不能上。其實我對貿易也滿有興趣的。

F：喔……。你要試著報兩家啊？那我是不是也這麼做比較好？³⁾話說回來，我有興趣的只有1家。不過他說是2月底到3月，不知道那時候考試結束了沒有？

M：應該沒問題啦。⁴⁾不過，像妳外語

230

んだから、貿易もいいんじゃない。いっしょにどう？
F：そうね。申し込むだけ申し込んでみようかな。OKになるかどうかもわからないから。
M：そうだよ。そうしようよ。

質問1　男の人はどの会社に申し込むことにしましたか。

質問2　女の人はどの会社に申し込むことにしましたか。

這麼強，走貿易這條路也不錯啊。要不一起去？
F：是啊。反正先報名看看。也不知道成不成。
M：就是啊。就這麼辦吧。
問題1　男人決定報名哪家公司？
1　ABC銀行和CC產業
2　ABC銀行和YS商事
3　CC產業和YS商事
4　ABC銀行和JL食品
問題2　女人決定報名哪家公司？
1　ABC銀行和CC產業
2　CC產業和YS商事
3　ABC銀行和YS商事
4　YS商事和JL食品

重點解說

1) ABC銀行＝限經濟學院，寒假or春假。其餘3家不限科系，工學院限單位，其他學院面試決定。CC產業＝11月～12月。YS商事＝12月後半。JL食品＝2月底～3月。人數超過時面試篩選。2) 他說想去12月後半（＝YS商事）＋春假（＝ABC銀行）。3) 她說只想去2月底～3月的（＝JL食品）。4) 他建議她除了JL食品之外，也和他一起去貿易公司（＝YS商事）。

解答：質問1 ②
　　　質問2 ④

問題5-5番〔MP3 5-09〕〔MP3 5-10〕

女の人が、小学生対象の学習教室の内容について説明しています。

F1：ようこそさくら学習教室にいらっしゃいました。えー、私どもの教室のコースについてご説明申し上げます。コースは、大きく分けて二つあります。1)まずAコース、これは、しっかり勉強するコースです。小学校の勉強は早めに終わらせ、中学校で行う勉強内容まで進みます。できるお子さんは、次から次へと難しいことに挑戦できます。もう一つはBコース。これは、学校の勉強がわからないとか、楽しみながら学習したいというお子さんのためのコースになっています。最低限の勉強内容はカバーしますが、無理することなくお子さん一人一人の力に合わせて勉強を進めます。……さて、このように正反対の二つのコースですと、皆さん迷われると思います。当教室では、A・Bそれぞれに二つずつ段階をつけ、A1・A2、B1・B2という4コースを準備しています。1の方が2よりも内容が多く、厳しく指導するようになっています。では、その内容についてもう少し詳しくご説明いたします。……

F：うちはどうしましょうねえ。どうせ学習教室に入るんだったら、厳しく指導してもらえるほうがいいかしら。

中譯

一名女子在介紹招收小學生的學習教室。

F1：謝謝大家蒞臨我們的櫻花學習教室。嗯……，我來為各位介紹我們這個教室的課程。我們的課程大致分為兩種。1)首先是A課程，這個是加強學習的課程。我們會早點結束小學的學習內容，進入國中的部分。程度好的小朋友，可以一個接一個挑戰難關。另一種是B課程。這個課程的對象是在學校學不會，或是想用寓教於樂的方式學習的小朋友。課程涵蓋最基本的學習內容，讓小朋友在沒有壓力的情況之下，依照自己的程度來學習。……好的，看到這樣完全相反的兩種課程，我想大家一定會有點猶豫不決。所以我們把A和B再各分兩級，有A1、A2、B1、B2四個課程。1會比2的內容更多，對學習的要求也比較嚴格。接下來，我再稍微詳細一點介紹課程的內容。……

F：我們家要選哪一個好呢？反正都要補習了，選教學嚴格一點的是不是比較好啊？

M：是啊。2)我們家的小朋友喜歡讀書，就算難一點應該也跟得上吧？我覺得可以欸。

F：嗯……。3)選第一個課程？可是要是半途而廢就沒意義了。

M：4)我記得好像第一個禮拜可以試聽對不對？我覺得讓孩子拚看看比較好。

F：5)不過要是最後掉下來也不太好吧。我哥哥家的小朋友當年好像是讀B1。聽說連讀B1，小朋友都覺得很吃力呢。

M：そうだなあ。²⁾うちの子供は勉強が好きだし、難しくてもついていけるんじゃないか？大丈夫だと思うよ。

F：そうねえ……。³⁾一番のコース？でも続かなかったら意味がないしねえ。

M：⁴⁾確か、最初の一週間は試験的に入れるんだったよね？がんばらせてみたほうがいいと思うよ。

F：⁵⁾でも結局下がっちゃうのもどうかしら。私の兄の子供は、B1だったらしいのよ。それでも子供にとってはけっこう大変なんだって。

M：学校の後だからねえ。それは疲れるだろう。B2だって、続かない子がいるって言うじゃない。

F：うーん。⁶⁾私は……せめて2番目に入れて様子を見たらどうかと思うんだけど。

M：そうだなあ。⁷⁾僕は、最初は一番厳しいクラスに入れたほうがいいと思うんだけどなあ。まあ、親の意見はここまでにして、本人と話してみよう。

質問1　女の人はどのコースがいいと言っていますか。

質問2　男の人はどのコースがいいと言っていますか。

解答：質問1　②
　　　質問2　①

M：因為是放學後再去上課的嘛。那一定會覺得很累。不是說連B2都有人中途退出的嗎？

F：嗯……。⁶⁾我在想……是不是好歹先進第二個，然後看情況再說？

M：這個嘛。⁷⁾我倒是覺得一開始就進最嚴格的班級會比較好。好了，我們作父母的意見就到此為止，去跟當事人討論看看吧。

問題1　女人說哪一個課程比較好？
1　A1
2　A2
3　B1
4　B2

問題2　男人說哪一個課程比較好？
1　A1
2　A2
3　B1
4　B2

重點解說

1)課程A=精益求精，課程B=佛心學習。難度=A1>A2>B1>B2。2)他提議上最難的課程(=A1)。3)她擔心上A1會跟不上。4)他還是認為應該挑戰A1。5)她再舉例表示擔心打擊學習意願。6)她表示願意退一步上第二難的課程(=A2)再觀察後續。7)他仍堅持應上A1。

問題5-6番〔MP3 5-11〕〔MP3 5-12〕

女の人がボランティア活動の説明をしています。

F1：さて、では夏休みにできるボランティア活動の説明をします。1)まず最初は「富士山をきれいにしよう」という活動で、富士山のゴミを拾うというものです。2回行われますので、1回だけの参加でも歓迎です。次は、「老人施設訪問」で、これにはAとBの2つあります。Aはほとんど動けないお年寄りの話し相手をするもの、そしてBは元気なお年寄りと歌を歌ったりゲームをしたりするものです。次は「子どもの施設訪問」で子ども達に本を読んであげる活動です。そして最後は、「外国人観光客のガイド」です。これはいくつかの地域に分かれて活動します。以上、興味のある方はいくつでもご参加ください。

F：2)あなたは語学が得意だから、ガイドがいいんじゃない？

M：3)そうだな。でも、僕、山が好きだしこのゴミ拾いにも興味があるなあ。君は？

F：4)私は子どもが好きだから、子どもの相手がいいな。でも、富士山もいいわね。

M：5)両方やってもいいんだよね。僕、両方とも申し込んでみるよ。

F：私はどうしよう。6)お年寄りの施設で歌やゲームっていうのもいいような気がするけど、でも、やっぱり最初に思ったとおりにするわ。

中譯

一名女子在介紹志工活動。

F1：我來介紹暑期期間可以參加的志工活動。1)第一個是叫作「富士山淨山」的活動，是去富士山撿垃圾。它有兩個梯次，只參加一次我們也很歡迎。接著是「長照機構參訪」，有A和B兩種。A是去和幾乎無法行動的長輩聊天，B是去和健康的長輩唱歌玩遊戲。接下來是「兒童教養機構參訪」活動，去讀書給小朋友聽。最後是「外國遊客導覽」。這個活動是分別在幾個地區舉行的。對於以上活動有興趣的話，我們都很歡迎，多多益善哦。

F：2)你外語很強，可以考慮去當導遊哦。

M：3)是啊。不過，我也喜歡爬山，對這個撿垃圾的活動也滿有興趣的。妳呢？

F：4)我喜歡小朋友，所以比較想去跟小朋友一起的。不過，富士山好像也不錯欸。

M：5)不是兩邊都可以去嗎？我會兩邊都報名看看。

F：我去哪裡好呢？6)雖然覺得去長輩們的機構唱歌玩遊戲也不錯，不過，還是決定照我最初的想法去做。

M：那，富士山呢？

F：7)那個明年再去。

M：じゃ、富士山は？
F：7)それは来年にする。

質問1 男の人はどの活動に参加しますか。

質問2 女の人はどの活動に参加しますか。

問題1　他要參加什麼活動？
1　「富士山淨山」和「兒童教養機構參訪」
2　「富士山淨山」和「外國遊客導覽」
3　「外國遊客導覽」和「長照機構參訪A」
4　「外國遊客導覽」和「長照機構參訪B」

問題2　她要參加什麼活動？
1　「富士山淨山」
2　「長照機構參訪B」
3　「兒童教養機構參訪」
4　「外國遊客導覽」

重點解說

1)暑期志工活動有：「富士山淨山」2梯次、「長照機構參訪」A陪聊天＆B陪唱歌玩遊戲、「兒童教養機構參訪」唸書給孩子聽、「外國遊客導覽」分區實施。2)她建議他去導覽，3)他說「そうだな」可表示同意，也可表示還在考慮，不置可否，然後說有意去淨山。4)她說想去陪小朋友，也想去淨山。5)他說會申請兩個，那就是導覽+淨山。6)她提到長照，但還是決定依循初衷去陪小朋友。7)她說決定明年再去淨山，所以這次只去兒童教養機構。

解答：質問1 ②
　　　質問2 ③

問題5-7番〔MP3 5-13〕〔MP3 5-14〕

男の人が就職説明会の会場の説明をしています。

M1：皆様、今日は就職説明会においでくださり、ありがとうございます。さて、ちょっと説明させていただきます。今日参加しています会社は50社、それぞれがブースを持っておりますので、会場マップをご覧の上、ブースをおたずねください。1) ざっと場所をもうしあげますと、金融関係がAコーナーで左奥、商社と旅行などのサービス関係がBコーナーで右奥、手前がメーカーですが、左側がCコーナーで食品関係、右側がDコーナーでその他のメーカーとなっています。では、どうぞご自由に話をお聞きください。また、最後にアンケートがございますので、ご協力をお願いいたします。

M：君は食品関係の会社に行きたいって言ってたよね。

F：2) そうなんだけど、私が一番希望している会社は、今日は来てないわ。ま、適当に話を聞いてみよう。別に、食品に絞るわけじゃないの。旅行社だって、興味があるから、そっちも行ってみるわ。あなたは銀行でしょう？

M：3) いや、まだ決めたわけじゃないよ。まず銀行で話を聞いて、それからぼくもメーカーだな。ぼくは化学品関係がいいんだけど、別にほかでもいいかなって思うようになってきたんだ。

F：じゃ、二人とも話を聞き終わったら、ここに来

中譯

一名男子在介紹就業博覽會的會場。

M1：大家好。謝謝大家今天來參加我們的就業博覽會。我先簡單介紹一下。今天來參展的公司有50家，每家都有自己的攤位，請大家參考攤位配置圖去造訪公司的攤位。1) 大致的攤位配置是這樣的，金融類是A區，在左後方，貿易和旅遊等服務業是B區，在右後方，在我們前面這邊的是製造業，左邊的C區是食品類，右邊的D區是其他製造業。接下來就請大家自行去各攤位逛逛聊聊。還有，最後有一份問卷，請大家幫忙填寫一下，謝謝。

M：妳說過想去食品類的公司對吧。

F：2) 是啊，不過我最想去的公司今天沒來欸。算了，就隨便逛逛聽聽吧。我也不是專找食品類的。像旅行社我就滿感興趣的，也會去那邊看看。你是要去銀行對不對？

M：3) 不，也還沒有決定。我先去銀行那邊聽他們的介紹，然後我也會去製造業那邊吧。我是比較想去化工類的，不過現在覺得好像其他的也可以考慮。

F：那我們兩個都逛完再來這邊會合吧。

M：好啊。掰掰。

るってことで。

M：そうだね。じゃ。

質問1　男の人はどこで話を聞くと言っていますか。

質問2　女の人はどこで話を聞くと言っていますか。

問題1　男人說要去哪裡聽說明？
1　A區和D區
2　A區和C區
3　B區和C區
4　C區和D區

問題2　女人說要去哪裡聽說明？
1　A區和B區
2　B區和D區
3　C區和B區
4　D區和A區

重點解說

1)攤位位置：A=金融業，B=貿易旅行等服務業，C=食品製造業，D=其他製造業。2)她說會去食品製造業那邊(=C)隨便逛逛，也會去旅行社(=B)。3)他說先去銀行(=A)，再去看化工及其他製造業(=D)。

解答：質問1①
　　　質問2③

問題5-8番〔MP3 5-15〕〔MP3 5-16〕

男の人が、大学生のための奨学金について話しています。

M1：では、奨学金についてお話しします。奨学金はA、B、C、Dの4種類あります。1)まずAは日本学生支援機関のもので、全員が対象です。月10万円の支給で資格の規定は特になく、当校の全学生が申し込むことができます。えー、次、Bですが、これは当大学からの奨学金で、成績優秀者に対し学費をすべて免除するというものです。前学期の成績証明書と教授からの推薦状を大学学生部に提出してください。次はCですね、これはローカル・クラブからで、生活困難者対象です。月15万円支給されます。指定の用紙に保護者からの送金額等を記入し作文を書いてください。これも学生部に提出です。さて、最後のDですが、これは技術者育成支援金、月20万円で、理学部と工学部の学生に支給されます。これも所定の記入用紙がありますので各学部の事務局に申し出てください。以上ですが、奨学金は1人で複数申し込むことはできません。必ず一つに絞って申請してください。

F：ねえ、奨学金、申し込む？あなたは工学部だから全部可能よね。

M：うん。どうしようかな。……どれも、申し込んだからといって支給対象になるわけじゃないんだよ

中譯

一名男子在談給大學生的獎學金。

M1：我來說明一下獎學金的事。獎學金有A、B、C、D四種。1)首先A是日本學生支援機關提供的，對象是所有的同學。每個月發放10萬日圓，沒有特別限定資格，本校所有的同學都可以申請。嗯……，接下來的B是我們學校提供的獎學金，針對成績優異的同學給予學費全免的優待。請備妥上學期的成績單和教授推薦函到學務處申請。接著是C，這是地方社團提供的，對象是生活有困難的同學。每個月發放15萬日圓。請在指定的表單上填妥家長提供的學費生活費等項目，再加上一篇作文。這也是要交到學務處。最後的D，這是技術人員培育補助金，每個月20萬日圓，對象是理學院和工學院的同學。這個也有指定的表單，請向各學院辦公室申請。以上就是獎學金的說明，一人不得申請兩種以上的獎學金。請務必選定一種來申請。

F：欸，你要申請獎學金嗎？你是工學院的，全都能申請欸。

M：嗯。申請哪一個好呢？……每一種都不保證有申請就一定會通過。

F：是啊。要經過審查，而且每一種獎學金都只有幾個名額。2)我對我的成績沒什麼信心，是不是該申請所有的學生都能申請的那個呢？

ね。
F：そうね。審査があって、どの奨学金も数名に絞られるのよ。²⁾私は、成績は自信がないから、全員対象のにしようかなあ。
M：³⁾僕は、親の援助をほとんど受けてないから生活困難者でオーケーだと思うよ。
F：⁴⁾私だって、それも可能だと思うわよ。でも競争率が高いって聞いたわよ。
M：そうだねえ。⁵⁾じゃあ、僕は技術者支援にしようかな。金額が一番高いし。
F：いいんじゃない？⁶⁾私はやっぱり資格規定なしのにするわ。

質問1 女の学生はどれに申し込みますか。

質問2 男の学生はどれに申し込みますか。

M：³⁾我幾乎都沒接受家裡的資助，應該有符合生活困難的定義。
F：⁴⁾那個我應該也符合申請資格啊。可是我有聽說競爭很激烈哦。
M：是啊。⁵⁾那，我去申請技術人員補助好了。它金額也最高。
F：我也贊成。⁶⁾我還是決定去申請沒限定資格的。

問題1　她要申請哪種獎學金？
1　A
2　B
3　C
4　D

問題2　他要申請哪種獎學金？
1　A
2　B
3　C
4　D

重點解說

1)A不限資格，B限成績優異，C限生活困難，D限理工學院的技術人員培育補助金。2)她自覺成績不好，考慮申請不限資格的(=A)。3)他考慮申請生活困難的(=C)，4)她提醒他C通過的機率很低，5)所以他決定申請技術人員補助金(=D)。6)她說決定還是申請不限資格的(=A)。

解答：質問1 ①
　　　質問2 ④

問題5-9番 〔MP3 5-17〕〔MP3 5-18〕

テレビで女の人が話しています。

F１：さて、次は今書店で売れている本をご紹介するコーナーです。1)では、まず売り上げ第５位からです。５位は『江戸を歩こう』、江戸時代から残る東京の伝統的な場所をいろいろ紹介しているのですが、その文章が面白くてつい行きたくなってしまいます。第４位は『あなたの将来は大丈夫？』。私たちの世代はちゃんと年金がもらえるのでしょうか。心配ですね。この本を読めば、どうすれば安心かが見えてくるようです。３位は『年をとっても……』、年をとっても元気な人がどんなものを食べているのかがわかります。２位は『人を伸ばす企業』、これから就職する人には是非読んでいただきたいですね。そして、第１位は『何を話す？』です。さまざまな会話に関する悩みがこれ一冊で解決します。さあ、あなたはどの本を読んでみたいですか。

F：ねえ、この中で何か読んでみたい本、ある？
M：2)ふうん。この中でっていったら、やっぱり就職に役に立つものかな。
F：じゃ、これ？
M：うん。3)……でも、人を伸ばすって言っても、まだ会社で仕事した経験ないんだから、読んでも実感できないかもしれないなあ。
F：そうよねえ。……4)私はどんなものを食べれば

中譯

電視裡有一名女子在講話。

F１：接下來是介紹目前書店暢銷書的單元。1)我們從銷售量第5名開始。第5名是《漫步江戶》，介紹許多從江戶時代保存至今，充滿東京傳統風味的地點，文章風趣橫生，讓人不禁想親自走一趟。第4名是《你的未來OK嗎？》。我們這個世代的人，真的領得到退休金嗎？真讓人擔心呢。看過這本書，似乎就會稍微有點頭緒，知道該怎麼做會比較安心了。第3名是《就算年紀大了……》，可以知道老當益壯的人都吃些什麼。第2名是《讓人成長的企業》，強力推薦給即將就業的人。然後第1名是《要說什麼？》。各種關於與人交談的問題，都可以靠這本書迎刃而解。你會想看哪一本呢？

F：欸，這裡面有沒有你想看的書？
M：2)嗯……。如果是說這裡面的，那還是對就業有幫助的吧。
F：那就是這個？
M：嗯。3)……不過，雖然說是會讓人成長，可是我又還沒有在社會上工作的經驗，說不定看了也不會有什麼切身的感受。
F：說得也是。4)……我可能會想看那本寫吃什麼才能健康長壽的。總覺得自己的飲食好像不夠健康。
M：欸，怎麼聽起來很像中年人的發言啊。5)……啊，這本講與人交談的書，這個在就業方面也很有用欸。第1名不是浪得虛名的。我選這本吧。
F：的確，出了社會之後，會講話跟不會

健康で長生きできるかっていうの、読んでみようかな。私、自分の食生活に自信がないし。
M：え、何か中年の人みたいじゃない。5)……あ、この会話の本、これは就職にも役に立つね。1位になるだけのことはあるよ。僕はこれだな。
F：確かに、社会に出てから会話が上手かどうかはとっても大きい要素ですものね。
M：後は……。あ、そういえば、年金のこと、うちの親がすごく心配してるよ。
F：うちの親もよ。でも、私、まだ本を読むほどは現実的じゃないわ。6)……ああ、東京の古い物を見て歩くのもいいかな。意外に知らないもの。どれか一冊ということなら、私はこれだ。歴史にも興味があるし。
M：じゃ、久しぶりに本屋に行ってみようか。
F：そうね。

質問1 男の人はどの本を読んでみると言っていましたか。

質問2 女の人はどの本を読んでみると言っていましたか。

解答：質問1 ④
　　　質問2 ①

講話差很多欸。
M：再來嘛……。啊，對了，退休金的事，我爸媽擔心得不得了呢。
F：我爸媽也是啊。不過，對我來說還沒有真實到要看書的程度。6)……喔，逛東京的古蹟這個也不錯的樣子。才知道原來有這樣的東西。如果要選一本的話，我就選這本。我對歷史也滿有興趣的。
M：那我們去書店看看吧，也很久沒去了。
F：好啊。

問題1　他說想看看哪本書？
1　《漫步江戶》
2　《你的未來OK嗎？》
3　《讓人成長的企業》
4　《要說什麼？》

問題2　她說想看看哪本書？
1　《漫步江戶》
2　《就算年紀大了……》
3　《讓人成長的企業》
4　《要說什麼？》

重點解說

1)『江戸を歩こう』介紹東京的江戶時代古蹟，文筆風趣、『あなたの将来は大丈夫？』談退休理財、『年をとっても』談高齡養生飲食、『人を伸ばす企業』適合即將就業者、『何を話す？』增進溝通能力。2)他說想看電視裡推薦給即將就業的人的『人を伸ばす企業』，3)但又覺得或許不適合自己。4)她說有點想看『年をとっても』。5)他決定看第1名的『何を話す？』。6)她說如果只選一本，就選『江戸を歩こう』。

問題5-10番〔MP3 5-19〕〔MP3 5-20〕

結婚式を執り行う会社の人が説明しています。

F1：え、ご希望に合いそうなご結婚式のプランとなりますと、この四つですね。1)まず、このロイヤルプランですが、これは教会での式と隣接したレストランでのパーティーがセットになったものです。お料理はフランス料理です。お客さまは多くても60人ぐらいでこぢんまりとした家庭的な雰囲気がお好みの方にピッタリです。次のホテルプランですが、これはお客さまが多くても少なくても対応が可能ですし、式もキリスト教、神道、人前式とお好きなものをお選びいただけます。またお料理も和食、中華、フランス料理、イタリア料理がございます。それからハワイアンプラン、これは新婚旅行もセットになっていまして、ハワイの教会とパーティー会場の手配など、すべて当社がご希望に合わせてアレンジいたします。そして最後にハウスプランですが、これは人前式のみで、明治時代の貴族の家だった洋風の建物が会場です。お料理はフランス料理かイタリア料理、最近、人気が出てきたプランです。

F：ねえ、どうする？2)私は旅行も兼ねて海外でやりたいな。
M：海外だと友達には来てもらえないよ。
F：そうか。じゃだめね。
M：3)それよりいろいろ選べるのがいいな。

中譯

婚宴公司的人正在進行說明。

F1：可能符合兩位需求的婚禮規劃有這4種方案。1)首先是這個皇家婚禮，它是在教堂舉辦儀式加上在隔壁的餐廳舉辦派對的套裝行程。餐點是法式料理。賓客最多60人左右，很適合喜歡小巧精緻家庭氛圍的人。下一個是飯店婚禮，賓客人數多寡都可以因應，婚禮也可依個人喜好選擇基督教、神道、以及無宗教的人前式婚禮。餐點也有日式、中式、法式、義式可供選擇。接著是夏威夷婚禮，這是連蜜月旅行一起的套裝行程，夏威夷的教堂以及婚宴會場的安排等等，我們公司全都會依照新人的需求妥善處理。最後是宅邸婚禮，這只有人前式，會場是明治時代貴族之家的洋房。餐點有法式和義式兩種，這個方案最近相當熱門。

F：你說要選哪一個好？2)我想出國辦婚禮順便旅遊。
M：在國外辦婚禮邀不到朋友啦。
F：這樣啊。那就不能選了。
M：3)我倒覺得這個選擇多樣的比較好。
F：蛤？要一個一個選，多麻煩啊。4)我說啊，教堂加餐廳精緻派對的，我們選這個啦，好不好嘛。
M：限60人以下不是嗎？不太夠欸。
F：你打算請那麼多人啊？
M：啊就還有公司那邊的啊。5)這樣

F：え～っ、いちいち選ぶのって、面倒じゃない。ねえ、4)教会とレストランでこぢんまりとしたパーティー、これにしましょうよ。
M：60人以内だろう。ちょっときついよ。
F：そんなにたくさん呼ぶつもり？
M：だって、会社関係だってあるんだから。5)じゃ、人前式のみだけど、もと貴族の家っていうのもいいんじゃない？ そうしようよ。
F：え、人前式なんて……私、教会がいいわ。
M：6)じゃ、やっぱり選べるのにしようよ。
F：7)私は海外がだめなら、家庭的な雰囲気のこぢんまりしたのがいいな。
M：う～ん、後でもう一度考えよう。

質問1 女の人はどのプランがいいと言っていますか。

質問2 男の人はどのプランがいいと言っていますか。

吧，這個只有人前式婚禮，不過是在以前貴族家裡的也不錯啊。就這個吧。
F：啊？人前式什麼的……我覺得教堂比較好欸。
M：6)那，還是選這個有得選的吧。
F：7)我覺得如果不能在國外，那我比較想選有家庭溫馨氣氛，小巧精緻一點的。
M：嗯……，再考慮看看吧。

問題1 她說哪個方案比較好？
1 皇家婚禮
2 飯店婚禮
3 夏威夷婚禮
4 宅邸婚禮

問題2 他說哪個方案比較好？
1 皇家婚禮
2 飯店婚禮
3 夏威夷婚禮
4 宅邸婚禮

重點解說

1)皇家=教堂+餐廳，小規模精緻溫馨家庭風。飯店=人數、儀式和餐點選擇多。夏威夷=教堂＋蜜月旅行。宅邸=人前式＋貴族宅邸。2)她說想選出國的婚禮+旅行(=夏威夷)，但也同意來賓不好邀。3)他說想要選擇多樣的(=飯店)，4)她說想要教堂+餐廳(=皇家)。5)他表示可退一步選只有人前式的貴族大宅(=宅邸)，但她堅持要有教堂。6)他再次提議有各種選擇的(=飯店)，7)她也再次提議小巧精緻家庭氛圍的(=皇家)。

解答：質問1 ①
　　　質問2 ②

問題5-11番〔MP3 5-21〕〔MP3 5-22〕

女の人が調理学校で実習について話しています。

F１：それでは、第１回フルコース調理実習について説明します。調理コースは４種類あり、どれか１種類を選んでください。資料には、1)赤、青、黄色、緑の色に分けて印刷してありますのでご覧ください。赤のメニューはフランス料理でスープ、テリーヌ、それから、ソースの作り方が主な学習項目になりますね。次の青は、イタリア料理です。ここではパスタをどう調理するかがポイントです。パスタと野菜、または魚介類をどう合わせるかが大事ですね。次は黄色、これは中華料理です。色や形の豪華さ、中国酒に合わせられる濃厚な味とうまみを引き出さないといけません。えー、最後の緑は、日本料理になります。器も含めた総合的な美と淡く穏やかな味、芸術品としての高みが求められます。

F：どれも参加したいわね。2)でも最初の実習は、スープかパスタをテーマにしたいと思ってるのよ。どちらがいいかなあ。
M：3)僕は、中華か和食だなあ。豪華な中華、渋みの和食。どちらもいいね。
F：前は中華料理やりたいって言ってなかった？
M：4)そう、でもこのごろ日本料理の魅力にはまってるんだよ。材料、味、盛り付け方、食事の場の雰囲気、すべてが関わってくるから、奥が深いんだ

中譯

一名女子在廚藝學校介紹實習的內容。
F１：我來說明第一梯次全套烹飪實習的內容。烹飪實習的課程有４種，請大家擇一參加。請看資料，有印刷成紅、藍、黃、綠不同顏色。1)紅色的菜單是法式料理，有湯和法式凍派terrine，還有，主要的學習項目是醬汁的做法。接著藍色的是義式料理。它的重點在於怎麼炒義大利麵。義大利麵和蔬菜或海鮮要怎麼搭配是很關鍵的。接下來是黃色的中式料理。顏色和形狀要豪華澎派，味道要濃郁才會和中式酒類相輔相成，帶出食物的美味。嗯，最後的綠色是日式料理。講究的是包含碗盤在內整體的美感，以及淡雅溫潤的味道，就像一個藝術作品。
F：每一種我都好想參加喔。2)不過我一直覺得第一次實習，應該以湯或義大利麵為主題。哪一種好呢？
M：3)我應該會選中式或日式吧。豪華大氣的中式、沉穩內斂的日式。兩種我都喜歡。
F：你以前是不是說過想做中式料理？
M：4)是啊，不過我最近迷上了日本料理。它的食材、味道、擺盤、用餐地點的氣氛，這些都環環相扣，是一門很深奧的學問呢。說不定一次還不夠。嗯，我決定還是以這個為目標。
F：很好啊。

よねえ。1回じゃ足りないかもしれない。うん、やっぱりこれを追求するよ。
F：いいんじゃない。
M：で、君はどちらにするの、最終的に。
F：5)そうねえ……。スープかな。これも奥が深いから。きっちり習わないと自分ではできないし。パスタは、次の機会に取るわ。

質問1 女の人はどのコースにしますか。

質問2 男の人はどのコースにしますか。

M：那妳最後決定要選哪一種？
F：5)這個嘛……。選湯吧。這也是很博大精深的。不紮紮實實地學，自己是做不出來的。義大利麵下次有機會再學吧。

問題1　她要上什麼課程？
1　紅色
2　藍色
3　黃色
4　綠色

問題2　他要上什麼課程？
1　紅色
2　藍色
3　黃色
4　綠色

重點解說

1)紅=法式，湯+terrine+醬汁。藍=義式，義大利麵。黃=中式，造型華麗、重口味。綠=日式，重美感、口味清淡溫和。2)她想選湯(=紅)or義大利麵(=藍)，3)他說中式(=黃)和日式(=綠)都可以，4)他決定選日式(=綠)，5)她決定學做湯(=紅)，下次再學義大利麵。

解答：質問1①
　　　質問2④

問題5-12番〔MP3 5-23〕〔MP3 5-24〕

女の人が、アミューズメント・パークのアトラクションついて話しています。

F1：ご参加の皆様、ようこそ"トライ・アンド・ゲット"にお越しくださいました。1つコースを選んでいただき、各ポイントで課題に挑戦、点数によって素敵な賞品をゲットしましょう、というものです！では、コースの説明をいたします。皆様の前に、赤、黄、青、緑の4コースがありますね。1)まず赤のコースですが、これは雑学クイズが盛り込まれています。知識の多い方はぜひ挑戦してくださいね。次の黄色ですが、これは音に敏感で音楽が得意な方向き。音やメロディーを聴いて課題を解きます。次、青。これは運動。身体を動かすタイプですが力は要りません。耳で聞いた通りに手足などを動かす、といったような課題が出ます。最後は緑、これは言語です。外国語の知識を問うのではありません。言語的な感覚を使って問題を解決していただきます。はい、それでは皆様、1つコースを選んでください。

F：うーん、どうしよう。おもしろそうだけど、無知無能がばれそうな気もする。

M：ははは、そうだね。でも一人でやるんだからいいじゃない。だれにもわからないよ。……とはいうものの、やっぱりいい点取りたいから、迷うね。どうするかな。

中譯

一名女子在介紹遊樂園的遊樂設施。

F1：大家好，歡迎大家來參加我們的「Try & Get」遊戲。這個遊戲要請大家選擇一條路線，在各個關卡挑戰任務，憑積分換取精美的獎品。接下來就來介紹我們的路線。大家面前有紅、黃、藍、綠4條路線。1)首先是紅色的路線，這裡有很多雜學QA。博學多聞的人一定要來挑戰看看。接著是黃色，這個很適合音感敏銳，擅長音樂的朋友。你要仔細聽音聲和旋律來答題。然後是藍色。它要挑戰的是運動。這是要動手動腳的遊戲，但不會費力。它會出一些題目，讓你依照聽到的指示來挪動肢體。最後是綠色，挑戰的是語言。不是要問外語相關知識，而是要運用語言的感覺來解決問題。好的，現在就請大家來選一條路線。

F：嗯……，選哪個好呢？看起來滿有意思的，可是感覺好像會曝露出自己的無知無能呢。

M：哈哈哈，是啊。不過它是自己一個人玩的，不必擔心。沒有人會知道啦。……話雖如此，我還是想拿高分，很難選欸。哪一個好呢？

F：首先，音樂不在我的選項裡面。

M：我的話，雜學先pass掉。

F：我也不行。我要選運動路線嗎？

M：2)蛤？妳不是雜學博士嗎？怎麼可以這樣？妳一定要選這個。

F：私、音楽はまず問題外。
M：僕は、雑学、パスだな。
F：私も無理。運動コースにするかな。
M：2)え、君は雑学博士じゃない。だめだよ。これにしなよ。
F：えー、自信ないよ。3)……そういうあなた、英語、得意でしょ？言語、いっちゃう？
M：うーん。外国語の知識、関係ないっていうからねえ。音楽かも。
F：4)何言ってんの、いつも自慢してるじゃない、言語能力が高いって。
M：5)自分の思い込みにすぎないという事実を、突きつけられるのが怖い……。まあ、でもいいや、得意分野でやってみよう。
F：6)私も、博士と言われたからには引き下がれないか……。じゃ決まったね。

質問1　女の人はどれにしますか。

質問2　男の人はどれにしますか。

F：什麼啦，我可沒那個自信。3)……光說別人，你英語不是很厲害嗎？去挑戰語言唄？
M：嗯……。她說跟外語知識沒有關係欸。也許來選音樂？
F：4)說這什麼話？平常不是很臭屁嗎？老說自己語言能力很強。
M：5)把我自我感覺良好的事實赤裸裸地攤在我眼前，我好害怕啊……。不過算了，就試試看自己比較拿手的領域吧。
F：6)我也是，既然都被叫博士了，就不能卻步了吧……。好，決定了。

問題1　她選哪一條路線？
1　紅色
2　黃色
3　藍色
4　綠色

問題2　他選哪一條路線？
1　紅色
2　黃色
3　藍色
4　綠色

重點解說

1)紅=雜學，黃=音感、音樂，藍=運動，綠=語言的直覺。2)他強力推薦她選雜學(=紅)，3)她則推薦他選語言直覺(=綠)，4)還激他別光說不練。5)他決定勇敢挑戰語言(=綠)，6)她也決定挑戰雜學(=紅)。

解答：質問1①
　　　質問2④

■問題5

1番：③、①　　　2番：①、②　　　3番：②、④　　　4番：②、④
5番：②、①　　　6番：②、③　　　7番：①、③　　　8番：①、④
9番：④、①　　　10番：①、②　　　11番：①、④　　　12番：①、④

新日本語能力測驗對策

助詞N3・N2綜合練習集 ／ 助詞N1綜合練習集
助詞N5・N4綜合練習集

新井芳子／蔡政奮　共著
每冊售價220元

本系列問題集以填空方式練習，藉由大量練習，可依實例體會出每一個助詞的各種不同方式的運用。全文附中譯，可補助理解並利於記憶。並可作為日翻中以及中翻日的短文練習題材，達到一書多用的目的。

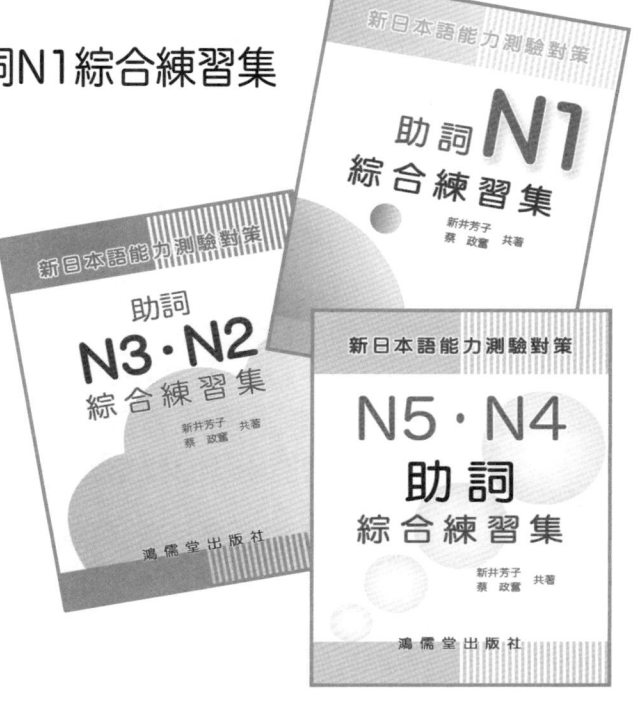

新日本語能力測驗對策

N1（一級）聽解練習帳／N2（二級）聽解練習帳／
N3（準二級）聽解練習帳

目黑真実　編著
皆附MP3CD
N3.N2售價380元
N1售價400元

本系列為配合新式日本語能力試驗N1（一級）N2（二級）N3（準二級）而編撰的聽解綜合問題集，內容豐富多元，亦適合準備日本留學考使用。附有MP3CD，便於學習者隨時練習，提高聽解能力。

日本語檢定考試對策
詳解　日本語能力測驗1級．2級文法

副島勉　著
定價：280元（對應新日本語能力測驗N1、N2）

本書以日本語能力試驗「出題基準」＜改訂版＞1,2級的文法項目為基本資料而編成。收錄的句型總共有300個，所收錄的例文盡量採用了生動又有臨場感，能表達出日本人的價值觀的句子，有助於瞭解日本文化。

日本語檢定考試對策
自動詞與他動詞綜合問題集

副島勉／盧月珠(東吳大學日本語文學系副教授)　共著
定價：250元

本書內容實用，由淺入深、循序漸進，並可活用於生活和職場的實況會話。例句中譯，附練習解答，教、學兩便。無論是初學者，或是想重新打好基礎者皆適用，可在最短的時間內達到最大的效果。

一級　二級　準二級　最新讀解完全剖析

目黑真実　編著／簡佳文　解說
定價：300元

◎ 完全對應2010年起之新日本語能力測驗讀解問題
◎ 收錄12種文章主題，提升各分野語彙認識
◎ 配合記述式練習題，同時訓練作文能力
◎ 附文法解說，增強文法應用技巧

日語能力測驗３級～邁向及格之路

編著　相場康子・近藤佳子・坂本勝信・西隈俊哉
解析　林彩惠
附CD 1片　售價300元

本書收錄問題均為針對2010年度起的新日本語能力測驗三級，並附有模擬測驗與聽解CD，每個題目均有詳盡的中文解析，讓學習者易於掌握出題傾向，輕鬆邁向及格之路。

國家圖書館出版品預行編目資料

新日本語能力測驗 考前衝刺讚:聽解N1/筒井由美子,大村礼子執筆;草苑インターカルト日本語学校監修;林彥伶中譯. -- 初版. -- 臺北市:鴻儒堂出版社,民113.10
　面;　公分
ISBN 978-986-6230-78-3(平裝)

1.CST: 日語 2.CST: 能力測驗

803.189　　　　　　　　　　　　113013854

新日本語能力測驗 考前衝刺讚

聽解N3
聽解N2

執筆：筒井由美子・大村礼子

監修：草苑インターカルト日本語学校

中譯・解說：林彥伶

本書專為參加「新日本語能力測驗」的學習者，以強化聽力為目標而設計。將聽力測驗的五種大題，做大量的例題練習和解題，適合在考前作最後的聽力加強練習。

聽解N3 附MP3 CD，售價300元
聽解N2 線上收聽音檔，售價400元

新日本語能力測驗 考前衝刺讚
聽解N1
定價：400元

2024年（民113年） 10月初版一刷

執　　　筆：筒井由美子・大村礼子
監　　　修：草苑インターカルト日本語学校
中譯・解說：林　　彥　　伶
封 面 設 計：吳　　偍　　瑩
發 　行　 人：黃　　成　　業
發 　行　 所：鴻 儒 堂 出 版 社
地　　　址：台北市博愛路九號五樓之一
電　　　話：02-2311-3823
傳　　　真：02-2361-2334
郵 政 劃 撥：０１５５３００１
E - m a i l：hjt903@ms25.hinet.net

※版權所有・翻印必究※
法律顧問：蕭雄淋律師

本書凡有缺頁、倒裝者，請向本社調換

鴻儒堂出版社設有網頁，歡迎多加利用
網址：https://www.hjtbook.com.tw